隔水呼渡

余光中 著

中国友谊出版公司

古堡与黑塔：余光中观看司各特与爱犬雕像（范我存摄）

坐者为余光中夫人范我存（余光中摄）

雪浓莎：倒影在水中

雪浓莎：横跨在雪耳河上

山国雪乡：露加诺湖，远景为阿尔卑斯雪峰（范我存摄）

露加诺湖景：前景为布瑞山，对岸为圣萨尔瓦多山，右为露加诺城

翘发：刺痒曼谷云空的天流苏（范我存摄）

旖娜旎：喜马拉雅山的森林女神（范我存摄）

风吹浪袭的龙坑（王庆华摄）

木棉之旅：作者与徐君鹤合抱木棉（范我存摄）

自 序

《隔水呼渡》在《记忆像铁轨一样长》与《凭一张地图》之后，是我的第三本纯散文集。

除《古堡与黑塔》之外，本集的十几篇散文都是四年来在高雄所写。四年来我的散文当然不止这些，其中有十八篇小品已经收入《凭一张地图》，至于评论性质的，包括十四篇序言与五篇长文，自当另外出书。《古堡与黑塔》写于一九八五年八月，正当汗漫的欧游之余，仓皇地离港前夕，那时的心情，对十年的香港居无限依依，对未来的高雄居一片茫茫。那年我们夫妻畅游了西欧，尚有法国与西班牙的游记未及写出，所以写苏格兰的这篇《古堡与黑塔》就没有纳入《记忆像铁轨一样长》，而有意留待这本《隔水呼渡》，俾与《雪浓莎》《风吹西班牙》等一同出书，彼此印证。

本集的十六篇散文里，游记占其十三。这样偏重的比例为我以前的文集所无，似乎说明了我们夫妻好游成癖，而且愈演愈烈。我重翻自己以前的文集，发现从《左手的缪思》到《凭一张地图》，我已经写了二十五篇游记，而最早的一篇《石城之行》更写于三十年前。但是四年来游记在我散文作品里的“成长率”竟如此之高，连自己也感到惊异。其原因，不外乎是近年我出游较频，而定居在高雄之后，探讨南部的风物也很方便。每次游罢归来，搬出照片、幻灯片、图册、纪念品等，向来访的好友逐一报告赏心乐事，总感意犹未尽，却已舌敝唇焦，遂想不如写成游记，提供给识与不识的朋友、读者，一劳永逸，做个交代。

游记不但是旅游经历的记录，也是所见所闻的知性整理。旅游不但是感性的享受、对好奇心的满足，也是一种生动而活泼的自我教育，所以真正的旅行家一定见多识广、心胸宽阔，不会用本乡本土的观念来衡量一切。说得高些，旅游可以是一种比较文化学。有心的旅人不但行前要做准备功夫，对将游之地有所认识，身临异域要仔细观察，多留资料，并记日记，而且回家之后，还要利用资料来补走马观花之不足，好把囫囵的经历消化成思想。若是行前没有准备，当场草草张望，事后又不反省，那旅游只是散心而已。英国作家富勒（Thomas Fuller）所说："一头驴子出门去旅行，不会变成一头马回来。"罗马诗人霍拉司所说："匆匆出国的人，只改变了气候，没改变心灵。"指的正是无所用心的观光客。

观光客不足以言游记，要写好游记，先得认真做个旅人。没有徐霞客的才学和毅力，怎么写得出《徐霞客游记》？七年前我在香港，买到湖南人民出版社所出，由贝远辰、叶幼明选注的《历代游记选》，精读两遍之余，十分赞赏，便开始广搜中国古今的游记，加以研究。一九八二年年底，我一连写了四篇长文，共约四万字，依次是《杖底烟霞——山水游记的艺术》《中国山水游记的感性》《中国山水游记的知性》《论民初的游记》。

后来每逢出游，行前行后我一定多读有关书籍，也尽量学习该地的语言。游罢泰国回来，为了把游记写得有点知性，我至少读了半打参考书刊，外加《大唐西域记》和《六祖坛经》。带回来的资料里，除了旅游手册之外，一定还有多张地图，迄今我的地图藏量大概已近三百张了。其实，只要你有心，就连钞票、钱币、车票，甚至签证上面也有不少资料可用。当然，在写垦丁的几篇游记时，也不会放过公园图文并茂的导游手册。

游记的艺术首在把握感性，也就是恰如其分地表现感官经验，令读者进入情况，享受逼真的所谓“临场感”。这种场合必须狮子搏虎，捉个正着，不能避重就轻，用一些俗滥的四字成语打发过去。散文家里能通过这一关的，其实不多。大多数所谓的散文家善于处理人情世故，善于人间的抒情、叙事，甚且议论，但是要他们摹状大自然的千变万化，往往就无能为力，因为这方面需要一点诗才，是强求不得的。

游记大半表现感性，但也可以蕴含知性。游记的知性包括知识与思考：名胜的地理与人文，是知识；游后的感想，是思考。有知识而欠思考，只是一堆死资料。思考太多而知识不够，又会沦于空想。上乘的游记应将知识与思想配合抒情与叙事，自然而机动地汇入散文的流势里去。

这就要靠结构的功力了。苏轼的豪放和方苞的拘谨，用游记来印证，最为显明。苏轼的《石钟山记》始于考据，继以叙事、抒情，而终于大发议论，但是因为三段接得自然，而且中段的感性饱满，足以支撑前后二段的知性，读者乃不觉其为搬弄知识，空发议论。方苞的《游雁荡山记》毫无叙事，写景的文字又不足文长的五分之一，其余的篇幅却用来讽世励志，游兴不高而道貌岸然，只能算是戴了游记假面具的说教。

游记有别于地方志或观光手册，全在文中有“我”，有一位活生生的旅人走动在山水或文物之间。这个“我”观察犀利，知识丰富，想象高超而活力充沛，我们跟随着他，感如同游。地方志或导游资料是静态，游记才有动感。这个“我”要有自信，要有吸引力，读者才会全神跟随着他。《后赤壁赋》里，如果换了是二客奋勇攀登，而“盖予不能从焉”，读者就不想看下去了。

本书内页龙坑的照片由王庆华先生提供，内页其他照片，除了三张是采用旅游手册之外，都是吾妻我存所摄。在此应该谢谢他们。

目录

隔水呼渡

1

1600CC的白色旅行车，一路上克令亢朗，终于来到盘盘山径的尽头，重重地喘了一口大气，松下满身的筋骨。天地顿然无声。高岛说前面无路了，得下车步行。三个人推门而出，走向车尾的行李箱。高岛驮起铁架托住的颤巍巍背囊，本已魁梧的体魄更显得幢幢然，几乎威胁到四周的风景。宓宓拎着两只小旅行袋，脚上早已换了雪白的登山鞋。我一手提着帆布袋，另一手却提着一个扁皮箱。事后照例证明这皮箱迂阔而可笑，因为山中的日月虽长，天地虽大，却原始得不容我坐下来记什么日记。

三个人在乱草的阡陌上蹒跚地寻路，转过一个小山坳，忽然迎面一片明晃，风景开处，令人眼界一宽，闪动着盈盈欲溢的水光。

“这就是南仁湖吗？”宓宓惊问。

高岛嗯了一声，随手把背上的重负卸了下来。这才发现，我们已经站在渡口了。一架半旧的摩托车斜靠在草坡下，文明似乎到此为止。水边的一截粗木桩却不同意，它系住的一根尼龙白缆斜伸入水，顺势望去，十六七丈外，那一头冒出水来，接上对岸的渡桩，正泊着一只平底白筏。

“恐怕要叫上一阵子了。”高岛似笑非笑地说。

接着他深呼吸起来，忽地一声暴吼。

“令赏！”满湖的风景大吃一惊，回声从山围里反弹过来，袅袅不绝，掠过空荡荡的水面，清晰得可怕。果然，有几只鹭鸶扰攘飞起，半晌，才栖定在斜对岸的相思林里。

“令赏！令赏！”又嘶吼起来，继以一串无意义的怪叫。

“谁是令赏？”我忍不住问道。

“对岸的人家姓林，”高岛说着，伸手指着左边，“看见那边山下的一排椰树吗？对，就是那一排，笔直的十几根白干子。林家本来住在椰树丛里，后来公园要他们搬出去。屋子都拆了，不料过了些时，他们却在正对面这山头的后面另搭了一座，住得更深入了。公家的人来找他们，也在这里，像我这么大呼小叫，他们却躲在树背后用望远镜偷看，不理不睬——”

“那我们这样叫，有用吗？”宓宓说。

“不一定听得见，”高岛笑嘻嘻地说，“你看见那树背后的天线没有？”

顺着白筏的方向朝山上看去，草丘顶上是茂密如发的相思树林，果然有一架天线在树后伸出来，衬着阴阴的天色，纤巧可认。

“他们还看电视吗？”宓宓不解了。

“看哪，他们有一架发电机。只是没有电话。”

“没有电话，太好了。外面的世界就拘不到他们。”我说。

“令赏！令赏！”高岛又吼起来。接着他又哇哇怪叫。我和宓宓也加入呼喊。我的男低音趁着水，她的尖嗓子趁着风，一起凌波而去，去为高岛的男高音助阵。静如太古的湖气搅得鱼鸟不宁，乱了好一阵子。自己的耳朵也觉得不像话，一定冒犯了山精水神了。十几分钟后，三个人都停了下来，喉头涩苦苦的。于是山又是山，水又是水。那白筏依然保持着野渡无人的姿态。

“这比天方夜谭的‘芝麻开门’辛苦得多了。”我叹道。

“这么一喊，肚子倒饿了，”高岛说，“这里风太大，不如找地方躲下风，先把午饭解决了再说。要是再喊不应，我就绕湖走过去，半个多钟头也应该够了。”

那一天是阴天，风自东来，不时还挟着毛毛细雨，颇有凉意。我们绕到草丘的西边，靠树荫与坡形挡着风势，在一丛紫花绿叶的长穗木边坐下。高岛解开背囊，取出一件鹅黄色的大雨衣铺在草地上，然后陆陆续续像变戏法一般取出无数的东西。烧肉粽、红龟糕、蛋糕、苹果、香瓜等，权充午餐是足够的了。最令我们感兴趣的是一瓶长颈圆肚的卡缪白兰地和俨然匹配的三只高脚酒杯，全都欹斜地搁在雨衣上。他为每人斟了半杯。酒过三巡，大家正醺然之际，他忽然说：“来点茶吧。”

“哪儿来的茶呢？”宓宓笑问。

“煮啊。”

“煮？”

“对啊，现煮。”说着高岛又从他的百宝囊中掏出了一盏酒精灯，点燃之后，再取出一只陶壶、三只功夫小茶盅。不一会儿，香浓扑鼻的乌龙已经斟入了我们的盅里。在这荒山野湖的即兴午餐，居然还有美酒热茶，真是出人意料。高岛一面品茶，一面告诉我们说，他没有一次登山野行不喝热茶的，说着，又为大家斟了一遍。

草丘的三面都是湖水，形成了一个半岛。斜风细雨之中，我起身绕丘而行。一条黄土小径带领我，在恒春杨梅、象牙树、垂枝石松之间穿过，来到北岸。瞥见岸边的浅水里有簇簇的黑点在蠢蠢游动，蹲下来一看，圆头细尾，像两公分[①]长而有生命的一逗点。啊，是蝌蚪！原来偌大的一片南仁湖，竟是金线蛙的幼儿园。这水里怕是有几万条墨黑黏滑的“蛙娃”，嬉游在水草之间和岸边的断竹枯枝之下。我赶回高岛和宓宓的身边，拿起喝空了的高脚杯。几乎不用瞄准，杯口只要斜斜一掬，两尾“蛙娃”便连水进了杯子。我兴奋地跑回野餐地，举示杯中的猎物。“看哪，

① 公分是厘米的旧称，1公分等于1厘米。

满湖都是蝌蚪！”那两尾黑黑的大头婴在圆锥形的透明空间里窜来窜去，惊惶而可怜。

“可以拿来下酒呀！”高岛笑说。

“不要肉麻了，”宓宓急叫，“快放了吧！”

我一扬手，连水和蝌蚪一起倒回了湖里。

大家正笑着，高岛忽然举手示意说，渡口有人。我们跟他跑到渡口，水面果然传来人语，循声看去，对岸有好几个人，正在上筏。为首的一人牵动水面的纤索，把白筏慢慢拉过湖来，紧张的索上抖落一串串的水珠。三四分钟后已近半渡，看得出那纤夫平头浓眉、矮壮身材，约莫四十岁。高岛在这头忍不住叫他了：“林先生，叫了你大半天，怎么不来接我们呢？”

“阮笼听无。”那人只顾拉纤，淡淡地说。

“你要是不送人客过来，咳，我们岂不要等上一下晡？”高岛不肯放松。

“那有什么要紧？”那人似笑非笑地说。

筏子终于拢岸了。上面的几个客人跳上渡头来，轮到我们三人上筏。不是传统的竹筏，是用一排塑料空管编扎而成，两头用帽盖堵住，以免进水，管上未铺平板，所以渡客站在圆筒上得自求平衡，否则一晃就踩进湖里去了。同时还得留意那根生命线似的纤索，否则也会被它逼得无可立脚，翻入水中。就这么，在高岛和林先生有一搭没一搭的乡音对话之中，一根细纤拉来了对岸。

2

林家住在一栋砖墙瓦顶的简单平房里，屋前照例有一片晒谷场，旁边堆些破旧的家具，场中躺着两只黄狗，其一跛了右面的后腿，更有一群黑毛土鸡游走啄食。晒谷场的一面接着南仁湖的小湾，近岸处水浅草深，有点像沼泽；另一面是一汪池塘，铺满了睡莲的圆叶，一茎茎直擎着的莲花却都紧闭着红瓣，午寐方酣。在外湖与内塘之间，有一条杂草小埂。我们一路踱过去，便走到一个坡脚，爬上坡去，是青草芊芊的浑圆丘顶，可以环顾几面的湖水。

正是半下午，天气仍是凉阴阴的，吹着东北风，还间歇飘着细雨。我们绕着草坡，想把南仁湖看出个大致的轮廓来，却只见山重水复，一览无尽。真羡慕灰面鹫与鹭鸶能够凭虚俯眺，自由无碍地巡游。南仁湖不能算一个大湖，但是水域萦回多湾，加以四周山色连环，却也不像小湖那么一目了然。湖岸线这么曲折，要是徒步绕湖一圈，恐怕得走一整个下午；何况有好几段草树绸缪，荒径若断若续，忽高忽低，未必通得过去。

高岛入山多次，对地形很熟，正为我们指点湖山风景，宓宓忽然说："对面有人。"大家眺向北岸，灰褐色的土地同边果然有人走动，白衣一闪，就没入了树影。

"会是谁呢，在这山里？"我问。

"可能是来研究生态的什么专家，"高岛说，"有些教授一来就住上十天半个月……咦，那不是灰面鹫吗？还是一对呢！这种鸟十月间多从满洲过境，现在已经是十月底，快过了。"

大家正在一面追踪鸟影，一面懊恼没带望远镜来，隔湖又传来人声。那是女人的声音，像在吆喝什么。北岸的断堤埂上出现一个人体，个子不高，一迭连声，正把一头大水牛赶下水来。

高岛笑起来说："那是林家的嫂子，要把那头牛赶过这边来。"

“它会游水吗？”宓宓讶然。

“怎么不会？是水牛呢。”

那牛果然下了湖，庞然的黑躯已经浸在水中，只露出一弧背脊和仰翘的鼻头，斜里向窄水近岸处泅了过来，七八分钟后竟已半渡。那路线离我们立眺的山坡约有百多公尺[①]，加以天色阴阴，觑着不是很真切，只能凭那一对匕首似的大弯角，来追认它头的摆向。大家都称赞那水牛英勇善泅，高岛尤其笑得开心。这时，它却停了下来，只探首出水，一动也不动。

“它一定是在水浅的地方找到了歇脚石。”我说。

“湖水并不深，所以渡筏也可以用竹篙来撑。”高岛说，“这南仁湖的水面已有海拔三百十几公尺了，只因为围在山里，看不出高来。”

正说着，对岸的人影在土埂上跑上跑下，又吆喝起来。水面那一对牛角摆了一下，向前移动起来，有时候似乎还回过头去，观望女主人的动静。女主人继续呵斥，不容它犹豫。终于水牛泅到了湖这边来，先是昂起了峥嵘的头角，

① 公尺为米的旧称，1公尺等于1米。

继而露出了大半个躯体，却并不径上岸来，只靠在树根毕露的黄土断崖下，来回地扭着身子。

“那是在磨痒，”高岛说，“泡在水里，不但舒服，还可以摆脱讨厌的牛虻。哈哈，你看那头牛，根本不想回家来！”

对岸的女主人尽管声嘶力竭，那头牛却毫不理会。这一主一畜和我们之间，形成了一个钝角三角形，而以牛为钝角。一幕事件单纯而趣味无尽的田园谐剧，就这么演了半个多小时，丘顶的我们是不期而遇的观众。高岛乐得咧嘴直笑，说仅看这一出，今天就没白过。最后，那女人放弃了驱牛的企图，提高了嗓子喊她的丈夫。

“她家隔着一个山坡，”高岛说，“天晓得她丈夫什么时候才过来渡她。我们中午足足喊了一个多钟头呢。”

可是这一次白筏却来得很快，筏首昂起，一排红帽盖在青山白水之间分外醒目。高岛一看见，便高兴地大叫：“林先生，渡我们过去！”

那矮壮的篙夫转过头来，看到我们，便把迟缓的筏子斜撑过来。十几分钟后，我们都跳上了筏子。篙夫把丈八竹篙举过我们的头顶，一路滴着湖水，向左边猛地一插、一撑，把筏首又对回他“牵手”的方向。白筏朝北岸慢吞吞地拍水前进。四山的蝉声噪成一片。

“那只牛闹什么脾气呀？”高岛问那浓眉厚唇的篙夫，“林嫂赶了半天，都不肯上岸来。”

篙夫并不立刻回答，只管转头去瞅那崖下的畜生，才慢吞吞地说：“早起为它穿了鼻子，它有点受气。”

“你们笼总有几只牛？”宓宓问。

问话吊在半空，隔了一会儿，才吐出答案：“十几只。”

3

渡过北岸，一行三人沿着湖水向右手曲折走去。高岛坚持北岸更好，因为地僻路荒，人迹罕至，而且林木较密，也较原始。南仁湖四周真是得天独厚的青绿世界，由迎风的季风林所形成，为岛上仅存的低海拔原始林区。相思树、珊瑚树、象牙树、青刚栎、长尾栲、红校欑等，丛丛簇簇，密布在多风的山坡，更与大头茶、大叶树兰一类较矮的树杂伴而生，翠荫里还蔽护着无数的蕨类。这一千多公顷的绿色处女地，文明的黑脚印不许鲁莽践踏的生态保护区，幸存于烟囱、挖土机、扩音器之外，为走投无路的牧神保留一隅最后的故乡，让飞者飞，爬者爬，游者从容自在地摇鳞摆尾，让窒息的肺叶深深呼吸，受伤的耳朵被慰于宁静，刺痛的眼睛被抚于翠青。

从南岸看过来，北岸这一带特别诱人，因为密林开处有一片平旷的草原，缓缓斜向湖水，盈眼的芊芊呼应着近岸而出水的萤蔺。那样慷慨而坦然的鲜绿，曾经在什么童话的第几页插图里见过，此刻，竟然隔水来招呼我的眉睫。无猜的天机，那受宠的惊喜正如一只蜻蜓停在我的腕上。从南岸看过来，黑斑斑一簇，周围撒落了一点点乳白，对照鲜明，正是起落无定的鹭鸶依傍着放牧的水牛。这黑白的对照，衬着柔绿的舒适背景，却被郁郁苍苍的两岸坡岬一左一右地遮去大半，似乎造化也意有所钟，舍不得一下子就让我们贪婪无厌的眼睛偷窥了这天启的全貌。于是我们决定北渡，去探那牧神的隐私。

今夏一场韦恩台风，肆虐的痕迹，即使在这世外的山里仍处处可见。最显眼的是纵横的断枝，脆的，一截截吹落在湖岸，坚韧的，像竹，则断而不脱，仍然斜垂在主干上，露出白心。我向丛竹里折取了一根三尺多长的金黄断枝，挥了几下，细长利落而有弹力，十分得手。于是一路挥舞着，见到顺手的断枝，便瞄准重心所在，向湖上挑去，竟也玩得很乐。高岛则背着一应俱全的摄影器材，领着宓宓在前头，正在端详湖景，要挑一处角度最好的“风景眼”，去擒粼粼的水光、稠稠的树色。若是忽然瞥见一闪白鹭掠波而去，或是映水而立，或是翩翩飞翔，要择树而憩，就大呼惊艳，兴奋地举机调镜，总是迟了半拍，逝了白影。

突然又传来宓宓的惊呼，那声音，不像惊艳，倒像惊魇。我吓了一跳。接着高岛也叫了起来，但惊喜多于惊惶。

“一定要拍下来！”他再三嚷道。

我挥动竹枝赶上前去。转过一个黄土坡，眼前忽然一暗。背着薄阴的天色和近乎墨绿色的密树浓荫，头角峥嵘，体格庞沛，顺着坡势布阵一般地屹立着一群黑压压的水牛。未及细数，总有十几头吧，最高处的一头反衬在天边，轮廓更是突出。最令人震撼的是群牛一起回过头来朝着我们，十几双暴眼灼灼瞠瞪而来。这景象不能说怎么可怖，但是巍巍的巨物成阵，一口气挡住了去路，却也令人不能不凛然止步。

“快照啊，”我催他们，“趁它们一起都对着我们。”

牛群对我们的集体注视，令我们感到处于焦点的紧张，同时它们那种不约而同的专注神态又令人觉得好笑。两人手忙脚乱地拍了几张“牛阵图”之后，我们一个向后转，终于在那许多双眼睛的睽睽之下撤退了。

“要是真面对着田单的火牛阵，才可怕呢。”我说着，大家都松了一口气，一起沿着北岸向西走。湖边的一条黄土小路，左回右转而且起伏不平，一会儿是窄埂，一会儿是断径，也不见有什么人来往，野草却被践得残缺不全。近岸处的树丛下，时或令人眼睛一亮，不是匍地而开的怯紫色蝶豆花，便是粉红色的马鞍藤。最后来到一片开旷的草地，高岛和宓宓便忙于张设三脚架，测光，对镜，要把南仁湖的隐私之美伺机摄下，好带到山外的人间去做见证。我就在水边找到一截粗拙的树枝，坐下去，静观黑嫩的蝌蚪，有的摆尾来去，有的伏卧如寐，风来时也随波晃漾，起伏不已。可以想见明年春天，蛙喧的声势有多惊人。现代的都市人对山林和田野越来越患乡愁，虽然可以在墙上挂几张风景画来望梅止渴，效果究竟还不够生动。其实录音带这么发达，为什么没有人把蛙鸣、蝉嘶、鸟叫、潮嚣之类的天籁一一录下，来解城栖者可怜的耳馋？要是有这种录音带就好了，我们就可以在临睡前播放，轻轻地，像是来自远方，然后就在满塘的咯咯蛙唱里，入了仲夏夜之梦。

蝌蚪的尾巴这么长，游动时抖得变成一串S形，十分有趣。我忽然心动，便把折来的黄金竹枝探入水里，去逗弄这些黑蛙娃。看它们奔来窜去的样子，真是好玩。这些黑蛙娃结构单纯，都是一粒大头的后面拖着一条长尾巴，像一个黑豆芽。那椭圆的滑头不怎么好玩，一来因为太小，二来因为怕伤了它。那摇摆不定的尾巴却诱人去戏弄。渐渐地，我学会了一招绝技，就是用竹枝的细尖把黑蛙娃的尾巴按在土岸上。它一惊，必定使劲抖尾巴，当然挣不开了。然后你一松竹枝，它立刻摆尾急蹿，向深处潜逃，那情景十分可笑。不过黑蛙娃尾滑滑，又特别警觉，要能将它夹个正着，一举擒住，却也不容易。平均十次里面，最多命中一次。开始我深怕它一挣扎便掉了尾巴，那就太残忍了，后来发现那尾巴坚韧得很，怎么扭挣都不要紧，就放心玩下去了。就这么，竟玩了近一小时。

水面下几寸之内的浅处，是黑蛙娃集体游憩的幼儿园，说得上是万头攒动。水面上，踏着空明的流光来去飘忽的独行客，却是水蜘蛛。无论你怎么定神追踪，也看不清它迷离的步法究竟怎样在演变，只觉得它的怪异行程像鬼在下棋，落子那么快，快过蜻蜓点水，霎时已经七起八落，最后总是停在你的目光之外。更怪的是，一般的水蜘蛛都有八只脚，南仁湖上的却只有四只，而且细得像头发，膝弯几乎成直角，身躯也细瘦得不可思议，给我的感觉，正如一组诡谲的几何线条掠水而过。

暮色从湖面蹑来，也是一只水蜘蛛。什么时候湖面已经渐渐暗下来，抬头一看，天空已经在变色了，这才发现高岛已经在收三脚架，宓宓在草地背后的土埂上喊我。“该回去了。”高岛也说。三个人便沿着湖岸向东走，目标是断堤近处一根系了纤缆的木桩。

“白鹭！”宓宓叫起来。

两只鹭鸶一前一后，从断堤里面幽深的湖湾飞来，虽然在苍茫的暮色中，衬着南岸郁郁莽莽的季风林，仍然自得艳人眼目。那具有洁癖的贞白，若是静绽如花，还不这么生动，偏偏又这么上下飘舞，比白蝶悠闲，比雪花有劲，就更令人目追心随，整个风景都活泼起来了。双鹭飞到南岸渡头上面的树丛，就若有所待地慢慢回翔起来。

“哇，你们看哪！”高岛大叫。

从暮色深处，湖的东端，无中生有地闪出四五只、七八只，不，十几只白鹭鸶来，一时皓皓晃晃的翅膀纷纷飘举，那样高雅而从容，虽然凌空迅飞，却宁静无扰，彼此之间的位置也保持不变，另有一种隐然的默契和超然的秩序。而白羽翩翩从暗中不断地招展而来，“灵之来兮如云”，直到我估计归林的群鹭，在对岸的树梢起起落落，欲栖而不定，欲飞而又回旋，至少有五十多只。不久，天色便整个暗下来了，云隙间几片灰幽幽的光落在湖面，反托出群山的倒影，暧昧得令人不安。夕愁，就是这样子吗？我们站在渡头，等待中，面前这一片湖水愈加荒僻，而浮出水面的，不是山，不像是山了，是蠢蠢的兽。

“他一定忘记我们还在这边了，”高岛说着，大吼一声，“令赏！”

回声在乱山中反弹过来，虚幻而异怪，所有的精灵只怕都被惊动了。背后的密林里传来不知名的吟禽，一串三个音节，不能算怎么恐怖，却令人有点心虚。宓宓和我也发出怪叫来助阵，一时黑暗的秩序大乱。

“令赏！”群山异口同声地回答我们。

我还想借水光看腕表已经几点了，却什么也看不清。这么喊喊停停，也不知过了多久。忽然水面上传来人声，像是两个人在说话。

“令赏！”高岛大叫。

“来了。”是篙夫在回答。

不久传来了水声，想是竹篙拨弄出来的，入水是波的一刺，出水是一串水珠落回水中。水声和人语渐渐近来，浑浑然筏子的轮廓也在夜色中蠢蠢出现。终于筏子拢岸，昏黑中，我们粗手笨脚地都踩了上去，把自己交给了叵测的湖水。人影难辨，只能从语音推测，在筏首撑篙的是林先生，在筏尾撑篙的是他的儿子。不由自主地，我想起阴间摆渡的船夫凯伦（Charon）。

4

从饥寒交迫的户外夜色里回到林家的平顶旧厝，在日光灯下享用热腾腾的晚餐，感到分外温暖。林厝一共分成四间，正中的堂屋有香案与神龛，供着妈祖，墙角却架着彩色电视机，台北的歌星正在荧光幕上顾盼弄姿。向右是一间饭厅，后门开出去，是一口石井，笨重的抽水机可以咿哑打水。向左是一间木板隔成的睡房，一张大床三面抵住墙壁，占去房间的三分之二，也是用硬木板铺成，上面只盖了一层单薄的垫褥。主人指定我们住这一间，我们的晚餐也就在这一间吃。就着一张小桌子，高岛和宓宓坐在床沿上，我则打横坐在凳子上。

一切都很简陋，桌上的晚餐却毫不寒酸。一大汤碗的草鱼、一碗笋、一碗青菜、一盘田螺，围着中间的一大锅烧酒鸡，三个人努力加餐，仍然剩下了一大半。尤其是那一锅鸡汤，恐怕足足倒了一瓶米酒，烧的是一整只土鸡。每个人至少喝了两碗汤，至于鸡肉，却炖得不够烂熟，嚼得有点辛苦。因为酒浓，不久我便醺然耳热起来。鸡，是自己养的。菜，是自己种的。笋和田螺都是天生的。鱼呢，满满的一湖活跳生鲜，只要你撒下网去，绝不会让你空网而归。摇鳍摆尾的鳞族里，有鲫鱼、鳝鱼，还有塘虱鱼。

微酡的醉意下，高岛提议去渡口的山坡上看那些归巢的白鹭。

“这么晚了，看得到吗？”宓宓有点疑惑。

“哦，看得到的。一吓，就飞起来了。”高岛保证。

“这么黑，怎么找路呢？”她说。

“有灯呀！”高岛说着，回身从床上的背囊里掏出一个电筒和一个像小热水瓶的盒子，只一拧，那盒子就蓦地剧亮起来，净白的光泛了一室，耀人眼花。高岛得意地笑说：“这是强力瓦斯灯，我特别带来的。”

于是宓宓拿着电筒，高岛举起明灯，三人兴致勃勃地再出门去。走过晒谷场，刚踏上瘦脊嶙嶙的土埂，宓宓忽然惊呼：“开了，你们看！”大家转头一看，跟满塘眼熟的嫣红打了个照面，齐齐叫了起来。日间含羞闭瓣午睡酣酣的几百朵睡莲，竟全都醒了过来，趁太阳不在家，每手擎着一枝，举行起烛光夜会来了。经我们的瓦斯灯煌煌一照，满塘的红颜红妆一时都回头相望。寂静中，只听见瓦斯迎风的炙响、青蛙跳水的清音。

惊艳一番之后，意犹未尽，只好别过头去，向坡上攀爬。四周一片黑，高岛手中的光亮像一盏神秘的矿灯，向煤坑的深处一路挖去。到了坡顶，喘息才完，四周阒寂无声，只有瓦斯灯炽烈旺盛地嘶嘶响着。湖山浑然在原始的黑沉沉里，从石板屋到满州，从南仁山到太平洋岸，十几公里的生态保护区，只有这一盏皎白的灯亮着。暗中，不知道有多少惊寤的眼瞳向它转来，有的瞿瞿，有的眈眈，向这不明来历的发光体注目而视。众暗我明，我们是焦点、是靶心，太招摇了，令人惴惴不安。

“飞起来了！”宓宓叫道，“一起飞起来了！”

说着她挥动电筒长而细的剑光，去追踪满空窜扰的翅膀。几十只惊起的栖鹭从草坡另一面的密林梢头，激湍回澜一般地四泻散开，在夜色里盲目地飞逐来去，无数乱翼在电筒的窄光里一闪而逝。尽管如此，这一切却在无声中进行，没有一声鸟呼，像一场哑梦。

突然，高岛把瓦斯灯熄掉，黑暗的伤口一下子就愈合了。只剩下宓宓的窄剑不时挥动着淡光，在追捕零星的鹭影。晚上九点钟的样子，四围的山脊起伏，黑茸茸的轮廓抵在灰黯黯的夜空上，极其阴森暧昧，难以了解。劲风从东边吹来，那是太平洋浪涛的方向。隔着东岸的丘陵当然听不见潮水，天地寂寞，即使用一千只耳朵谛听，十里之内，也只有低细的虫吟。

5

再回到林家厝，宓宓和我都有点累了。高岛却精神奕奕，兴致不减，又从他的百宝囊中取出土红的茶壶和三只小茶盅，点起酒精灯，煮起乌龙茶来。他再三强调，入山旅行不可不带茶具，更不可不喝热茶。一面说着，一面为我们斟满泡好了的乌龙，顿时茶香盈座。宓宓浅啜了一口说道："这么浓的茶，我不敢多喝，怕睡不着。你又喝茶又喝酒，高先生，一切都背在背包里，不怕重吗？"

"这些行头加起来也不过二十公斤，算得了什么！"高岛说着，瞪大了圆眼，一扬眉毛，自豪地笑了起来。"我做了好几年的高山向导，这一切早就惯了。也不记得带过多少登山队了，下雪，刮风，什么都遭遇过，尤其是下雨，一下大雨就会发山洪。有时候困在雨里，只好在帐篷里一夜睡在水上，祷告整个通宵。"

"听说你救过好多人呢。"宓宓说。

"那本来就是向导的责任，"高岛轻描淡写地说，"有一次冒着暴雨，登山队里一个女孩子吵着要自己先回去，再劝也没用。果然，跌下了山去，跌到一半断了腿，再翻身

“看来鸟世界的外来客，”我说，“比人的世界更多。”

大家都笑起来。那守湖人却说：“只希望这些可爱的过客来去自由，不至于魂断台湾，唉！”

一片噤嘿。然后我说：“但愿我将来退休后能来陪你做守湖人。”

钟玲说：“史耐德（Gary Snyder）就在美国西北部的山里做过守林人。他说，他的价值观十分古老，可以推回到新石器时代。”

“对呀，”我说，“垦丁公园应该招募一批青年诗人来做守护员，一来可以为公园驱逐盗贼和猎人，保护禽兽和草木；二来还可以体认自然，充实作品。”

“也应该包括画家和摄影家。”宓宓说着，望望君鹤和高岛。于是大家又笑了。

3

趁着暮色尚薄，我们向关山驶去。一路上坡，有时坡势颇陡。七转八弯之后，终于树丛疏处，来到一片杂有砂又滚了下去，成了重伤。她要求大家让她死掉，因为断骨错在肉里，不能再移动，太痛苦了，又怕会终生残废。我把她劝得心回意转。大家轮流抬她下山，没有谁不累得死去活来。”

“真是太惨了，”宓宓说，“后来呢？”

“后来总算医好了，年轻嘛。”

“台湾的山难事件也真多。”我说。

“不外是准备不够，经验不足，失去联络，而且不信向导的话……”

大家笑起来。宓宓又问高岛是不是常不在家。

“是啊，”高岛眉毛一扬，“三天倒有两天是出门在外，以前是做高山向导，现在是为了摄影。照相的人不像你们诗人可以在家里吟风弄月，我们只有到处去寻找镜头，有时为了等一次惊天动地的浪花，要在海风和咸水里……”

“摄影家必须深入自然，深入民间。”宓宓大发议论，正待说下去。

“摄影家是一种特殊的旅行家，”我抢着说，“他不但要经营空间，更要掌握时间。世上一切启示，自然所有的奥妙，只展向耐久的有心人。他是美的猎者。徐霞客要是有一架奥林巴斯……”

“说得好，说得好！”高岛大笑。

“摄影家一定要身体好，”宓宓说，“你认得庄明景吗？对呀，就是拍黄山的那位。为了拍落日从山谷的缺口落下，他请向导把自己绑牢在松树上，以防跌下山去。”

“我的身体从不生病，”高岛认真告诉我们，“以前我常练瑜伽术，可以倒立好半天。有一年冬天，有个和尚跟我打赌，两人把上身脱光了，倒立在风里，引来好多人围观，最后那和尚冻得受不了，只好认输。那，像这样——”

说着他果真在床上一个倒栽，竖起蜻蜓来。他竖得挺直，过了几秒钟，又放下腿来，两膝交盘在一起，最后把下半身向前折叠过来。这么维持了一阵，才一一自行解开，恢复原状。宓宓和我鼓掌喝彩。

“再来一杯茶吧。”高岛略略喘息之后，又为我斟了一杯。

大家真也累了，就势都躺了下来，睡在硬板的大通铺上。宓宓在我左手，高岛在我右侧，不一会儿，两人都发出了鼾声，一个嘤嘤，一个咻咻，嘤吟在左，咻噢在右，此起彼落，似乎在争颂睡神。只剩我独自清醒地躺着，望着没有天花板的屋顶，梁木支撑，排列着老厝的脊椎。灯暗影长，交叠的梁影里隐隐约约都是灰褐的传说。这样的屋顶令我回到了四川，回忆有一种瓦的温柔。

就这么无寐地躺在低细的虫声里，南仁湖母性的怀中，感到四川为近而台北为远。台北和我已变得生疏，年轻时我认得的台北、爱过的台北，已经不再。厦门街的那条巷子，我曾经歌颂过无数次的，现在拓宽了，颇有气派，但我的月光长巷呢？三十年的时光隧道已成了历史，只通向回忆。

经过了香港的十年，去年回来，说不上“头白东坡海外归”，却已是另一个人了。我并没有回到台北，那回不去了的台北，只能说迁来了高雄。奇异的转化正在进行，渐渐地，我以南部人自命，为了南部的山海和南部的一些人。相对于台北的阴郁，我已惯于南部的爽朗。相对于台北人的新锐慧黠，我更倾心于南部人的乡气浑厚。世界已经那么复杂，邻居个个比你精细，锱铢必较，分秒必争，能有一个憨厚些的朋友，浑然忘机地陪你煮茶看花，并且不一定相信“时间即金钱”，总令人安心、放心、开心。我来南仁湖山，一半出于老派的烟霞之癖，什么鸥盟鹭约之类的逸兴；一半却是新派的生态保护，对种种污染与破坏的抗议。深入原始的山区，原为膜拜牧神而来。不料向导我来的人，出山入水，餐风饮露，与万物共存而同乐，童真未丧，本身已经是半个牧神了。说不定就是牧神派来的吧，或者，竟是牧神自己化装下山的呢。

高岛翻了一个身，梦呓含糊，也不知是承认还是否认。

关山无月

1

沙田山居十年之后，重回台湾，实在无心再投入台北盆地的红尘，乃卜居高雄，为了海峡的汪洋壮观、西子湾鸿蒙的落日和永不谢歇的浪花。而想起台北的朋友，最令我满足优越感的是垦丁公园就在附近。正如春到台湾总是我先嗅到、看到，要南下垦丁，先到的也总是我的捷足。所以台北的朋友每次怪而问我：“你一个人蹲在南部干什么？”我总是笑而不答。

香港朋友也觉得其中必有什么蹊跷，忍不住纷纷来探个究竟。好吃的，我就带他们去土鸡城吃烧酒鸡；好游的，就带他们去垦丁一看，无不佩服而归。

去年十二月底，金兆和环环也来探虚实。我们，宓宓和我，便带了他们，还有钟玲、君鹤、高岛，一行七人再去垦丁，向隔海的港客炫耀我们的美丽新世界。

2

到垦丁把旅舍安顿之后，高岛就催我们去关山看落日。大家姑妄听之，因为天色已经不早，而云层荫翳，难盼晚霞的奇迹。中途经过龙銮潭，只见一泓寒水映着已晡将暮的天色，那色调，像珍珠背光的一面。潭长几达两公里，大于南仁湖，是垦丁公园里最大的湖了。我们下车看湖，只觉得一片空明冷寂，对岸也只是郁郁的原始丛林，似乎是一览无余了。站久一些，才发现近南岸的沙洲上伫立着三两只苍鹭，背岸向水，像在等潜移的暮色。

“像是从辛弃疾的词里飞来的。”我不禁说。

“其实是过境的水鸟。”年轻的守湖人在背后说。

钟玲见高岛在调整望远镜，向西北方，也就是湖长的另一端不住地窥觎，问他在看什么。

“水鸭呀，”高岛得意地吟起来，“呵，有几百只呢！”

这才发现近北岸处的水面上一片密密麻麻的黑点，于是众人接过望远镜来，轮流观看。幽幽的水光在圆孔里闪来晃去，寻了一阵，才越过一丛丛水生的萤蔺草，招来了那一大群水鸭。放大了，就可见它们在波上浮动不定，黑衣下面露出白羽，头颈和身躯形成的姿态，以书法而言，介于行草之间。

“那是泽凫，”守湖人说着，把他的高倍数望远镜递给我，“跟灰面鹫一样，也是北方的远客，秋来春去。它们是潜水的能手，可是因为尾巴下垂，起飞的时候有点狼狈，在陆地上走也不方便。”

“垦丁公园的候鸟是不是很多？”宓宓问他。

“对呀，百分之四十三都是，有的匆匆在春秋过境，有的夏天才来，像泽凫跟灰面鹫这样来过冬的最多，叫冬候鸟，约占其中的百分之三十四。”

“那其余的呢？”我问。

“其余的百分之五十七都是土生的啰，叫作留鸟。”

石的黄土坳，高岛在前车示意停下。乱石铺就的梯级上是一座宽敞的凉亭，比想象中的要坚实而有气派。大家兴奋地把车上的用具和零食搬上亭去。

“你们看哪，多开阔的景色啊！”第一个登亭的人大叫起来。

大家都怔住了。那样满的一整片水世界，一点警告也没有，猝然开展在我们的脚下。那样的袒露令人吃惊，那样无保留的显示令人惴惴，就算是倒吸一口长气吧，也绝不可能囫囵吞下。何况启示的不仅是下面的沧海，更有上面的苍天，从脚下直到天边的千叠波浪，从头顶直到天边的一层层阴云，暮色中，交接在至深至远的一线水平，更无其他。面对这无所不包的空阔荒旷，像最后的谜面也一下子揭开了，赤裸得可怕，但这样大的谜底，到底要告诉我们什么呢，反而更成谜了。神谕，赫然就在面前，渺小的我们该怎样诠释？

“你们看，”我说，“远方的水平线好像并不平直，而是弧形，好像海面有点隆起——”

经我一提，大家都左右扫描起来。也不知是否是心理作用，竟然都觉得那水平线是弯的了。这么说来，此刻我们目光扫巡的，岂不是一切形象之所托，我们这水陆大球的轮廓了？如果视界有阻或是立足不高，就不会有这种感觉。但是关山的海拔一百五十二公尺，又名高山岩，这座观景亭又建在岩边，无遮无蔽地正对着海峡，本就应该大开眼界。这样大的场面以漠漠的海天为背景，也只有落日能当悲壮的主角，可惜天阴不见落日，远处的三五只船影，贴在天边，几乎没有动静，只能算临时演员罢了。

“我从来没有一口气见过这么多水。”环环说。

大家都被她逗笑了。宓宓说，那是因为香港多港湾也多岛屿洲矶，而且渡轮穿梭，所以海景虽有曲折之胜，却无眼前这般空旷。

高岛接着说：“你们知道大家脚下踩着的这一片山岩，三万年前是在海底吗？”

金兆笑说：“怎么会呢？”

“是路嘉煌说的。这一带的地质是珊瑚礁岩层，从海底升上来，每年增高大约五毫米，你照算好了。他说这就叫沧海桑田。”

“这过程麻姑才看得见，”我说，“中国人一到登高临远，就会想起千古兴亡，几乎成为一种情意结。也许是空间大了，就刺激时间的敏感。陈子昂登高台，看见的不是风景，而是历史，真所谓‘生年不满百，常怀千岁忧’。”

“关山这地名就令人怀古。”钟玲望着陡落的岩岸，若有所思。

高岛说：“台湾有好几处地名叫关山。”

“关山难越，谁悲失路之人，”我不禁低吟，“一提到这地名，就令人想起关山行旅，隐隐然不胜其辛劳与哀愁——”

“李白也说，”钟玲紧接下去，“梦魂不到关山难。”

“你们别再掉书袋了，”宓宓从长廊的一头走来，“天都黑下来了，晚饭怎么办呢？”

望海的眼睛全回过眸来，这形而下的问题倒是蛮重要的。有人主张回旅馆吃，有人说不如去恒春镇上。高岛坚持大家留在亭子里，由他驾车去恒春买晚餐。

“在亭子里吃，呵，最有味道！”他再三强调。

4

目送高岛驾着白色的旅行车上路之后，六个人便忙着布置起来，把零食摆满了一桌，一面等高岛回来，一面大嚼花生。也许真的饿了，也许人多热闹，更因为高亭危岩，海天茫茫而又四围夜色，众人在兴奋之中又带点悲恐，花生就分外津津可口。君鹤在一旁专司掌灯，把高岛带来的强力瓦斯灯唰的一下点亮，黑暗，踉踉跄跄地一把给推出亭去，而亭柱和栏杆的阴影，长而暧昧地也给分掷出去，有的，就连亭外的树影，一起扑向附近的岩壁。于是周围好几公里的混沌夜色，平白被我们挖出一个光之洞来，六个人就像史前人一样，背着原始的暗邃，聚守在洞里。

隐隐传来马达的律动。接着一道强光向我们挥来。

“高岛回来了。”大家欢呼。有人站了起来。

那道光扫过亭柱，一排排，狂嚣的引擎声中，曳着一团黑影，掠亭而去，朝猫鼻头的方向。

“是摩托车。”君鹤说。

“高岛还不回来，”钟玲嘀咕，“饿死人了。”

宓宓安慰她说，开车费时，还得点菜呀，还得等呢。

高岛最负责任了，很快就会回来的。不知是谁建议，大家轮流追述平生吃过的最美味之菜。立刻有人反对，说这不是整冤枉吗，愈夸愈馋，愈馋愈饿。

“这样吧，”我说，“此情此景，正是讲鬼故事的好地方。不如开讲吧，用恐怖来代替饥饿。”

“那也好不到哪里去。”哄笑声中钟玲反对说。

“你这个人哪，饿也饿不得，吓也吓不得，由不得你了。从前，有一个行人投宿在一家小野店里。那家店陈设简陋，烛火幽暗，临睡之前那路客对着一面烟昏暧昧的旧镜子刷牙。他张口露齿，镜中也有人张口露齿。他挥动牙刷，镜中人也挥动牙刷。他神经质地对镜苦笑，镜中人也报以苦笑。他把嘴闭起，镜中人也——不，却不闭嘴。他一惊，觉得一股冷风飕飕从镜中吹来，伸手一摸，却不是一面镜子——”

众人大叫一声，瓦斯灯也跟着一暗。

“是什么？”环环有点歇斯底里了。

“是一扇窗子！”

三个女人一声尖叫，君鹤与金兆也面容一肃，然后迸发出一片笑声。不料首灯炯炯探射而来，高岛开车回来了。

大家立刻起身欢迎，一阵欣喜的纷乱之后，得来不易的迟到晚餐终于布就，这才发现，除了一大盘香喷喷的烤鸭之外，每人得便当一盒。掀开盒盖，有雪白的热饭，有排骨肉一大块、卤蛋一个、白菜多片。在众人的赞美声中，高岛更兴致勃勃，为每人斟了一杯白兰地。快嚼正酣，忽然有人叹说可惜无汤。

"有啊，"高岛说着，从暗影里的木条凳上提来两个晃荡荡的袋子。大家一看，原来是盛满液汁的塑料袋，袋口用绳子扎紧。"大的一袋是味噌汤，小的一袋是鱼汤。"

"太好了，太好了，"金兆叹赏道，"在台湾旅行真是方便，不但自己开车，而且随处流连。在别处，哪里由得你要什么有什么，还临时去店里买呢。"

"在香港，你们也没有这么玩过吧？"我说。

"是啊，"环环说，"从没像今天这么尽兴。"

终于吃完了，大家起身舒展一下，便在凉亭里来回散步。这亭子全用桧木建成，没有上漆的原色有一种木德温厚的可亲之感，和周围的景物十分匹配。建筑本身也方正纯朴，排柱与回栏井然可观，面积也相当广阔，可容三四十人。亭底架空，柱基却稳如磐石，地板铺得严密而实在，走在上面，空铿铿的，触觉和听觉都很愉快。这亭子若非虚架而高，坐在里面也就没有这种凌越一切而与海天相接的意气。垦丁公园的设计，淡中有味，平中见巧，真是难得。

众人都靠在面海的长栏杆上，静对夜色。高岛走回亭中，把挂在梁上的灯熄掉。没有缺口的黑暗恢复了完整。几分钟的不惯之后，就发现名为黑暗的夜色其实只是蒙昧，浅灰而微明，像毛玻璃那么迟钝，但仍能反衬出山头和树顶蠢蠢欲动的轮廓。海面一片沉寂，一百多公尺的陡坡下是颇宽的珊瑚礁岸，粗糙而黝黑，却有一星火光，像是有人在露营。浅弧的岸线向北弯，止于一角斜长的岬坡，踞若猛兽。

“那便是大平顶，”高岛说，“比我们这边还高。”

“那么岸边低处那一堆灯火是什么村庄呢？”

“哦，那是红柴坑。”高岛说。

“近处的灯火是红柴坑，”君鹤说，“远一点的，恐怕是——蚵广嘴。”

真是有趣的地名，令人难忘。民间的地名总是具体而妥帖的，官方一改名往往就抽象空洞了。众人看完了海岸，又回过头来望着背后的山头，参差的树顶依然剪影在天边，而天色不黑下来，反而有点月升前的薄明。徒然期待了一阵子，依然无月。

“幸好没有什么风，”君鹤说，“否则在这高处会受不了。”

“可惜也没有月亮，”我说，“否则就可看关山月了。”

“不过今晚还是值得纪念的。”高岛说着，无中生有地取出一把口琴来，吹起豪壮的电影曲《大江东去》。毕竟是口琴，那单薄而纯情的金属颤音在寒悠悠的高敞空间，显得有些悲凉。钟玲、宓宓和我应着琴韵唱了起来。“大江东去，江水滔滔不回头，啊，不回头……”金兆和环环默然听着，不知道他们在想些什么。也许是他们的年轻时代吧！那时，他们还在海峡的对岸，远远在北方，冬之候鸟，泽凫和伯劳，就从那高纬飞来。有时候，一首歌能带人到另一个世界。

口琴带着我们，又唱了几支老歌。歌短而韵长，牵动无穷的联想。然后一切又还给了岑寂与空旷。红柴坑和蚵广嘴的疏灯，依然在脚底闪烁，应着远空的星光两三。酒意渐退，而海天无边无际的压力却越来越强。经过一番音乐之后，尽管是那么小的乐器，那么古远的歌，我们对夜色的抵抗力却已降到最低。最后是钟玲打了一个喷嚏，高岛说：

“明天一早还要去龙坑看日出，五点就起床。我们回去吧。”

龙坑有雨

凌晨五点整我们就出发了。整个垦丁半岛都还在梦中，连昏昏的大尖山也不例外。天和海浑茫茫而未开。车首灯的强光挖隧道一样地推开夜色，一路炯炯地向前探去，路边的反光石曳成一条灿灿的金链子，那样醒目地抛过来迎接我们，有一点催眠的感觉。路又平稳，四轮无声，车内的仪表板一排磷磷的绿光，很过瘾，梦游若星际旅行。

美中不足的是梦游得太短了，不是以光年计算。这样空静的世界，这样魔幻的路，应该永远游弋下去的。但是一道眈眈的白光从横里霍霍地扫来，把夜色腰斩成两半，旋斩旋合，旋合旋斩，有如神话的高潮。鹅銮鼻灯塔到了。

车向右转，碾过了一段卵石小径，停在一片黄土场上。大家下得车来，纷纷披上外套。单衣过冬的高岛，在长袖衫外竟也加了一件蓝背心，大家跟在后面，破晓前的暗昧里，只看见他负着登山行囊的健硕背影。一行七人在两把电筒的挥引下，踉踉跄跄地向龙坑进发。

正是圣诞节的凌晨，冬至才过，夜长而昼短。已经快五点半了，阴云低压的天色灰漠漠湿湫湫的，单凭电筒的弱光还拨不开地面的混沌。土径窄处，林投树的长叶伸出带锯齿的绿刀向人脸挥来，手榴弹一般的果实，乍一瞥见，也令人吃惊。

每隔三十秒钟，灯塔的激光就在背后追扫过来，一刹那天惊地愕，七人顿成白晃晃的幽灵。一百八十万的烛光，从四等旋转透镜里射来，是多大的威力。我们就在光鞭的挥打下仓促逃亡，每半分钟就挨一下鞭。明知其不必要，那种惶急的危机感却逼人而来，无可避免地想起一些越狱高潮的镜头。对于惯看电影的人来说，生命，确是倒过来模仿艺术。

纷沓的脚步声里，电筒的光圈映出乱石杂草的土径和起落踢踏的脚。渐渐地，灌木丛中有鸟声啁啁，传来黎明的捷报。不久更听见一种野性的声籁，叹而复息，低抑而又深沉。那野籁越来越近。一转弯我们已穿透了草海桐与林投树丛，整个暴露在空旷的平岸。

一排排的潮水连卷带撞，捣打在珊瑚礁暗褐色的百褶裙裾上，激起一丛丛飞碎的浪花。那花，旋开旋落，旋落又旋开，在强劲的海风里维持一个最生动的花季。那放纵的嘶啸恐怕是最狂野、最即兴的噪声了，永远耐听。就这么着，沿着这有声的花展，我们向横阻在岸边的一列怪岩走去。晓色渐透，是个水汽弥漫的钝阴天。平旷的沙滩上散布着一截截拧曲的断枝，有的粗而多节，像是断干，为状奇丑，却可能是残株断梗癖患者崇而拜之的尤物。

“这些都是台风的遗迹。”君鹤说。

“要是给洪娴看到，”宓宓笑道，“一定不远千里拖回家去。”

有人向我们走来，等到近前，原来是两位守兵，草绿色军装外罩着大氅，都佩了枪。

“有许可证吗？”其中一位拦住我们。

“有的。”我说着，转身向宓宓，要她把手提袋里的那张公文拿出来。

“既然有就好，”那守军一摆手，和气地说，“你们好好观赏吧。请注意保护生态。”说罢，两人便匆匆向前巡去。

天色已经发白，只见满空的雨云在劲风里迟滞地飘移。雨云下，那一列怪岩杂错的长岬，布阵把关一般地阻绝了去路，那色调如锈如焦，那外壳如破烂如腐朽如凿如雕，是丑还是美都很难说，奇，却是奇定了。而且也无所谓挡住去路了，因为这就是龙坑，台湾最南端的半岛之半岛，太平洋和巴士海峡就在此转弯。长风对远云说，这里，就是天之涯、海之角。

龙坑名不浪得。从灯塔走来，路到尽头便成了峡谷，长约两百公尺，底平而壁峭，即所谓坑。至于龙，就是两边峭壁陡坡堆叠而起的两条蜿蜿石山，山脊的石貌粗糙而错乱，但彼此在抵触之中若有呼应，相克之余似乎相生，那虚虚实实的关系，令美学家也对之束手，不过合而观之，却也一气呵成，不碍其蛟蟠龙蜿之势。所以龙有两条。里面的一条一面临谷，另一面连接沙坡，长满了青翠照眼的水芫花。外面的一条更为蜒长，头角峥嵘，遍体的层鳞都暴露在海水的阵前，不用说，千年万年的风波都已尝遍。

我们在外龙的腰身下，找到可以把手插脚的地段，步步为营地攀缘而上。那情形，就像在长满尖笋的陡坡上落脚寻路，不同的是，那不是笋，是瘦硬而不规则的尖石。那些狰狞而阴险的多角体，不是碍肘就是碍膝，一个分神你就会擦上、撞上、跪上。若以为又皱又薄的石角脆而易断，就犯了大错。无论你如何撼摇或用硬物猛敲，都休想损得了它。这一大盘高位珊瑚礁，原来是从海神的地窖里缓缓升起，像一尊迟钝而有耐心的黑兽在浪里抬起身来，而我们都跨在它的背上。

我们都登上了龙脊，那上面的鳍鳞也很难立脚。幸喜有一条非桥非栈的方木板路，带我们直到悬崖边上。大家靠在危石上引颈下窥，自虐了一阵，正骇怪数仞下怒涛在轰袭千疮百孔的岩脚，激起一阵阵飞沫和盘涡，忽然下起雨来。虽然是斜斜的飘雨，外套也有了湿意。不久越落越密，竟然大起来了。钟玲和宓宓就避到一块倾危的麻孔大石下去，两人委委曲曲分据了石下的坳坑，只留下一角容我斜插进半脚。高岛、君鹤、金兆、环环是怎么避的，穴中的三鸵鸟就不暇兼顾了。

一早起身什么也没吃，钟玲正待诉苦饥寒交迫，雨却转小而停。高岛支起三脚架，准备照阴天清晨的潮水和太平洋上的两只船影。君鹤则选定一个较高且平的立脚点，开始润笔调色，要速写一幅水墨海景。宓宓和钟玲都拿了相机，在危险、丑怪而又刺激的棱角之间横跳斜纵，侥幸取巧，并且乘风起浪涌的高潮，一举手捕捉龙坑一瞬万变却又亘古不变的神貌。

风从北来，强劲中挟着阴湿，还带点海咸的水腥气，冲力不下于一个十三四岁的男孩，掀得每个人都脚步踉跄。这样的角力，加上海的抢攻，岸的顽守，脚下这怪石阵的阴谋狡诈，令人觉得冒险而兴奋，幻想之中已经落了好几次海。有些悬崖岌岌乎俯临在浪上，跟对面的另一片崖角若即若离，那样邻近，似乎在诱我、激我做英雄之断然一跃。待向下一窥，晕眩的空间却在峡壁的深处，以风和浪的声势、嶙峋石笋的阵容恫吓我，一瞬间，我见到自己坠入了峡底，曳着失足的惊呼。

劲风当面掴来，使人寒战而清醒。猛一转头，和对谷的内龙脊背上那一排乱石正打个照面。反负着沉郁的天色，那些乱石的轮廓分外怪异，一头头、一匹匹蹲踞的、匍匐的妖兽畸禽，蠢蠢然都伺机而动，但每次你一回首，它们，啊，诡谲的众兽却寂然凝定。这一景应该叫“噩梦大展”（the nightmare gallery）。所以探龙坑就该像我们这样赶破晓之前来，天色一晓，石精海怪便莫施其术了。要是黄昏之际来到，夜色一降，啊，灰者变褐，褐者变乌，黑蠕蠕的一片，就不敢说了。

若是顽石有灵，或能保佑这龙坑禁地，不让妄人擅自闯进来走私或破坏生态以图利。若真是有这种事情，我也不反对这些珊瑚礁的魂魄化成猛兽去逐赶恶徒，而噬其手足，嚼其心肝。

“你觉得吗，”宓宓小心翼翼，绕过一个芒角槎牙的兽头，一跳过来对我说，“这一带的海岸好像少了一样东西。”

“少了什么？”环环也听见了，从那兽头的背后探头问她。

“少了海鸥。”宓宓说。

“对呀，”我说，“潮来潮去，应该有几只鸥在其间飞逐，才够气韵。”

“什么缘故呢？”宓宓不解。

“不知道跟黑潮有没有关系，”我搪塞以应，“你看这一簇簇钩心斗角的恶兽，白净的海鸥哪里敢落脚停靠！要不是每夜有灯塔镇压，这群珊瑚石怪不知会怎样呢。”

大家都笑起来。隔了片刻，钟玲又说：“真扫兴，一早来看日出，却碰上阴雨。太阳的架子好大。”

“其实诗人朝山拜海，多能感应神灵，而得偿所请。韩愈登衡岳而雨开日出，苏轼隆冬在登州而得见海市，都能在得意之余有诗为证。我来龙坑拜石拜海，却不能感动太阳，真是愧对古人——”

“你还想跟韩愈、苏轼去别苗头哪？”钟玲笑了。

“岂敢。”我也一笑。

“别妄想出太阳了吧，”宓宓指指天空，“能求雨神不再下就够好了。”

“我的诗不能够求晴，也不能祈雨，更不能止雨，”我苦笑说，“唯一的办法就是快快回头，乘大雨还没追到。”

于是一行七人在潮声之中越出了“噩梦大展”。两侧的黑兽眈眈，假装没看见我们。

满亭星月

关山西向的观海亭，架空临远，不但梁柱工整，翼然有盖，而且有长台伸入露天，台板踏出古拙的音响，不愧为西望第一亭。首次登亭，天色已晚，阴云四布，日月星辰一概失踪，海，当然还在下面，浩瀚可观。再次登亭，不但日月双圆，而且满载一亭的星光。小小一座亭子，竟然坐览沧海之大，天象之奇，不可不记。

那一天重到关山，已晡未暝，一抹横天的灰霭遮住了落日。亭下的土场上停满了汽车、摩托车，还有一辆游览巴士。再看亭上，更是人影杂沓，衬着远空。落日还没落，我们的心却沉落了。从高雄南下的途中，天气先阴后晴，我早就担心那小亭有人先登，还被宓宓笑为患得患失。但眼前这小亭客满的一幕，远超过我的预期。

同来的四人尽皆失望，只好暂时避开亭子，走向左侧的一处悬崖，观望一下。在荒芜乱草之间，宓宓和钟玲各自支起三脚高架，调整镜头，只等太阳从霭幕之后露脸。摄影，是她们的新好癖（hobby），颇受高岛的鼓舞。两人弯腰就架，向寸镜之中去安排长天与远海，准备用一条水平线去捕落日。那姿势，有如两只埋首的鸵鸟。我和维梁则徘徊于“鸵鸟”之间，时或踯躅崖际，下窥一落百尺的峭壁与峻坡，尝尝危险边缘的股栗滋味。

暮霭开处，落日的火轮垂垂下坠，那颜色，介于橘红之间，因为未能断然挣脱霭氛，光彩并不十分夺目，火轮也未见剧烈滚动。但所有西望的眼睛却够兴奋的了。“两只鸵鸟”连忙捕捉这“名贵”的一瞬，亭上的人影也骚动起来。十几分钟后，那一球橘红还来不及变成酡红，又被海上渐浓的灰霭遮拥而去。这匆匆的告别式不能算是高潮，但黄昏的主角毕竟谢过幕了。

“这就是所谓的关山落日。”宓宓对维梁说。

“西子湾的落日比这壮丽多了，”我说，“又红又圆，达于美的饱和。就当着你面，一截截，被海平面削去。最后一截也沉没的那一瞬，真恐怖，宇宙像顿然无主。”

“你看太阳都下去了，”钟玲怨道，“那些人还不走。”

“不用着急，”我笑笑说，“再多的英雄豪杰，日落之后，都会被历史召去。就像户外的顽童一样，最后，总要被妈妈叫回去吃晚饭的。”

于是我们互相安慰，说晚饭的时间一到，不怕亭上客不相继离开。万一有人带了野餐来呢？“不会的，亭上没有灯，怎么吃呢？”

灰霭变成一抹红霞，烧了不久，火势就弱了下去。夜色像一只隐形的大蜘蛛在织网，一层层暗了下来。游览巴士一声吼，亭上的人影晃动，几乎散了一半。接着是摩托车暴烈地发作，一辆尾衔着一辆，也都蹿走了。扰攘了一阵之后，奇迹似的，留下一座空亭给我们。

一座空亭，加上更空的天和海，和崖下的几里黑岸。

我们接下了亭子，与海天相通的空亭，也就接下了茫茫的夜色。整个宇宙暗下来，只为了突出一颗黄昏星吗？

“你看那颗星，”我指着海上大约二十度的仰角，“好亮啊，一定是黄昏星了。比天狼星还亮。”

“像是为落日送行。”钟玲说。

“又像夸父在追日。”维梁说。

“黄昏星是黄昏的耳环。”宓宓不胜羡慕，“要是能摘来戴一夜就好了。”

“落日去后，留下晚霞，”我说，“晚霞去后，留下来星。众星去后——”

“你们听，海潮。”宓宓打断我的话。

一百五十公尺之下，半里多路的岸外，传来浑厚而深沉的潮声，大约每隔二十几秒钟就退而复来，那间歇的骚响，说不出海究竟是在叹气，还是在打鼾，总之那样的肺活量令人惊骇。更说不出那究竟是音乐还是噪声，无论如何，那野性的单调却非常耐听。当你侧耳，那声音里隐隐可以参禅、悟道，天机若有所示。而当你无心听时，那声音就和寂静浑然合为一体，可以充耳不闻。现代人的耳朵饱受机器噪声的千灾百劫，无所逃于都市之网，甚至电影与电视的原野镜头，也躲不过粗糙而嚣张的配音。录音技巧这么精进，为什么没有人把海潮的天籁或是青蛙、蟋蟀的歌声制成录音带，让向往自然而不得亲近的人在似真似幻中陶然入梦呢?

正在出神，一道强光横里扫来，接着是车轮碾地的声音，高岛来了。

“你真是准时，高岛。”钟玲走下木梯去迎接来人。

“正好六点半,”宓宓也跟下去,“晚餐买来了吗? ”

两个女人帮高岛把晚餐搬入亭来。我把高岛介绍给维梁。大家七手八脚地在亭中的长方木桌上布置食品和餐具，高岛则点亮了强力瓦斯灯，用一条宽宽的帆布带吊在横梁上。大家在长条凳上相对坐定，兴奋地吃起晚餐来。原来每个人两盒便当，一盒是热腾腾的白饭，另一盒则是排骨肉、卤蛋和咸菜。高岛照例取出白兰地来，为每人斟了一杯。不久，大家都有点脸红了。

“你说六点半到就六点半到，真是守时。”我向高岛敬酒。

“我五点钟才买好便当从高雄出发呢,”高岛说着，得意地呵呵大笑,“一个半钟头就到了。”

“当心超速罚款。”宓宓说。

“台湾的公路真好,”维梁喝一口酒说,“南下垦丁的沿海公路四线来去，简直就是高速大道，岂不是引诱人超速吗？”

“这高雄以南渐入佳境，可说是另成天地，”我自鸣得意了，“等明天你去过佳乐水、跳过迷石阵再说。你回去后，应该游说述先、锡华、朱立他们，下次一起来游垦丁。”

高岛点燃瓦斯炉，煮起功夫茶来。大家都饱了，便起来四处走动，终于都靠在面西的木栏杆上，茫然对着空无的台湾海峡。黄昏星更低了，柔亮的金芒贴近水面。

“那颗星那样回顾着我们，”钟玲近乎叹息地说，“一定有它的用意，只是我们看不透。”

“你们看，”宓宓说，“黄昏星的下面，海水有淡幽幽的倒影。那，飘飘忽忽的，若有若无，像曳着一条反光的尾巴。”

“真的，”我说着，向海面定神地望了一会儿，“那是因为今晚没风，海面平静，倒影才稳定成串。要是有风浪，就乱掉了。”

不知是谁“咦”的一声轻微的惊诧，引得大家一起仰面。天哪，竟然有那么多星，神手布棋一样一下子就布满了整个黑洞洞的夜空，斑斑斓斓那么多的光芒，交相映照，闪动着恢恢天网的，噢，当顶罩来的一丛丛银辉。是谁那么阔、那么气派，夜夜在他的大穹顶下千蕊吊灯一般亮起那许多的星座？而尤其令人惊骇莫名的，是那许多猬聚的银辉金芒，看起来热烈，听起来却冷清。那么宏观，唉，壮观的一大启示，却如此静静地向你展开。明明是发生许多奇迹了，发生在那么深长的空间，在全世界所有的塔尖上、屋顶上、旗杆上，却若无其事地一声也不出。因为这才是永谜的面具，宇宙的表情，果真造物有主，就必然在其间或者其后。这就是至终无上的图案，一切的封面也是封底，只有它才是不朽的，和它相比，世间的所谓千古杰作算什么呢？在我生前，千万万年，它就是那样子了，而且一直会保持那样子，到我死后，复千万万年。此事不可思议，思之令人战栗而发颤。

“从来没有见过这么多星。”宓宓呆了半晌说道。

“这亭子又高又空，周围几里路什么灯也没有，”高岛煮好茶，也走来露台上，“所以该见到的星都出现了。我有时一个人躺在海边的大平石上仰头看星，呵，令人晕眩呢。”

“啊，流星——”宓宓失声惊呼。

“我也看到了！”维梁也叫道。

“不可思议，”钟玲说，“这星空永远看不懂、猜不透，却永远耐看。”

“你知道吗？”我说，“这满天星斗并列在夜空，像是同一块大黑板上的斑斑白点，其实，有的是远客，有的是近邻。这只是比较而言，所谓近邻，至少也在四个光年以外——”

“四个光年？”高岛问。

“就是光在空间奔跑四年的距离。”维梁说。

“太阳光射到我们眼里，大约八分钟，照算好了，”我说，“至于远客，那往往离我们几百甚至几千光年。也就是说，眼前这些星灿以繁，虽然同时出现，它们的光向我们投来，却长短参差，先后有别。譬如那天狼星吧，我们此刻看见的其实是它八年半以前的样子。远的星光，早在李白甚至老子的时代就动身飞来了——”

“哎哟，不可思议！”钟玲叹道。

“那一颗是天狼星吧？”维梁指着东南方大约四十多度的仰角说。

“对啊，”宓宓说，“再上去就是猎户座了。”

“究竟猎户座是哪些星？”钟玲说。

“那，那三颗一排，距离相等，就是猎人的腰带。”宓宓说。

“跟它们这一排直交而等距的两颗一等星，”我说，“一左一右，气象最显赫的是，你看，左边的参宿四和右边的参宿七——”

“参商不相见。”维梁笑道。

“哪里是参宿四？”钟瑜急了，“怎么找不到？”

“那，红的那颗。”我说。

“参宿七呢？”钟玲说。

“右边那颗，青闪闪的。”宓宓说。

“青白而晶明，英文叫Rigel，海明威在《老人与海》里特别写过。那，你拿望远镜去看。”

钟玲举镜搜索了一会儿，咯咯笑道：“镜头晃来晃去，所有的星像虫子一样扭动，真滑稽！到底在哪儿——噢，找到了！像宝石一样，一红一蓝。那颗艳红的，呃，参宿四，一定是火热吧？”

“恰恰相反，”我笑起来，“红星是氧气烧光的结果，算是晚年了。蓝星却是旺盛的壮年。太阳已经中年了，所以发金黄的光。”

“有没有这回事啊？”宓宓将信将疑。

“骗人！”钟玲也笑起来。

“信不信随你们，自己可以去查天文书啊。”我说，“那，天顶心就有一颗赫赫的橘红色一等星，绰号金牛眼，the Bull’s eye。看见了没有？不用望远镜，只凭肉眼也看得见的——”

“就在正头顶，”维梁说，“鲜艳极了。”

“这金牛的红眼火睛英文叫 Aldebaran，是阿拉伯人给取的名字，意思是追踪者。‘Al’只是冠词，‘debaran’意为‘追随’。阿拉伯人早就善观天文，西方不少星的名字就是从阿拉伯人那儿来的。”

“据说埃及和阿拉伯的天文学都发达得很早。”维梁说。

“也许是沙漠里看星，特别清楚的关系。”宓宓说。

大家都笑了。

钟玲却说：“有道理啊，空气好，又没有灯，像关山一样……不过，阿拉伯人为什么把金牛的火睛叫作追踪者呢？追什么呢？”

“追七姐妹呀。”我说。

“七姐妹在哪里？”高岛也有了兴趣。

“就在金牛的前方，”我说，“那，大致上从天狼星起，穿过猎户的三星腰带，画一条直线，贯透金牛的火睛，再向前伸，就是七姐妹了——”

“为什么叫七姐妹呢？”两个女人最关心。

“传说原是巨人阿特力士和水神所生。七颗守在一堆，肉眼可见——”我说。

“啊，有了，”钟玲高兴地说，“可是——只见六颗。”高岛和维梁也说只见六颗。

“我见到七颗呢。”宓宓得意地说。

高岛从钟玲手里取过望远镜，向穹顶扫描。

“其中一颗暗些，”我说，“据说有一个妹妹不很乖，躲起来了——”

“又在即兴编造了。”宓宓笑骂道。

“真是冤枉，”我说，“自己不看书，反说别人乱编。其实，天文学入门的小册子不但有知性，更有感性，说的是光年外的事，却非常多情。我每次看，都感动不已——”

“啊，找到了，找到了！”高岛叫起来，“一大堆呢，岂止七颗，十几颗。啊，漂亮极了。”他说着，把望远镜又传给维梁。维梁看了一会儿，传给钟玲。

“颈子都扭酸了，”钟玲说，“我不看了。”

“进亭子里去喝茶吧。”宓宓说。

大家都回到亭里，围着厚笃笃的方木桌，喝起冻顶乌龙，嚼起花生来。夜凉逼人，岑寂里，只有陡坡下的珊瑚岩岸传来一阵阵潮音，像是海峡在梦中的脉搏，声动数里。黄昏星不见了，想是追落日而俱没，海峡上昏沉沉的。

“虽然冷下来了，但幸好无风。”钟玲说。

忽然一道彪悍的巨光，瀑布反泻一般，从岸边斜扫上来，一下子将我们淹没。惊愕回顾之间，说时迟，那时快，又忽然把光瀑猛收回去。

“是岸边的守卫。”从炫目中定过神来，高岛说。

“吓了我一跳。”钟玲笑道。

“以为我们是私枭吧，照我们一下。”宓宓说。

“要真是歹徒的话，”高岛纵声而笑，“啊，早就狼狈而逃了，还敢坐在这里喝冻顶乌龙？”

“也许他们是羡慕我们，或者只是打个招呼吧。”维梁说。

“其实他们可以用高倍的望远镜来监视我们，”宓宓说，“我们又不是——咦，你们看山上！”

大家齐回过头去。后面的岭顶，微明的天空把起伏参差的树影反托得颇为突出。天和山的接界，看得出有珠白的光从下面直泛上来，森森的树顶越来越显著了，夜色似有所待。

“月亮要出来了！”大家不约而同地叫了起来。

“今天初几？”宓宓问。

“三天前是元宵节，”维梁说，“今天是十八。”

“那，月亮还是圆的，太好了。”钟玲高兴地说。

于是大家都盼望起来，情绪显然升高。岭上的白光越发涨泛了，一若脚灯已亮而主角犹未上场，令人兴奋地翘企。高岛索性把悬在梁上的瓦斯灯熄掉，准备迎月。不久，纠结的树影开出一道缺口，银光迸溢之处，一线皎白，啊不，一弧清白冒了上来。

“出来了，出来了。”大家欢呼。

不负众望，一番腾滚之后终于跳出那赤露的冰轮。银白的寒光拂满我们一脸，直泻进亭子里来，所有的栏柱和桌凳都似乎浮在光波里。大家兴奋地拥向露天的长台，去迎接新生的明月。钟玲把望远镜对着山头，调整镜片，窥起素娥的隐私来。宓宓赶快撑起三脚架，朝脉脉的清辉调弄相机。维梁不禁吟哦张九龄的句子：

灭烛怜光满，披衣觉露滋……

钟玲问我要不要“窥月”，把望远镜递给了我。

“清楚得可怕，简直缺陷之美。”她说。

“不能多看，”宓宓警告大家，“虽然是月光，也会伤眼睛的。”

我把双筒对准了焦距，一球水晶晶的光芒忽然迎面滚来，那么硕大而逼真，当年在奔月的途中，嫦娥一定也见过此景吧？伸着颈，仰着头，手中的望远镜无法凝定，镜里的大冰球在茫茫清虚之中更显得飘浮而晃荡。就这么永远流放在太空，孤零零地旋转着荒凉与寂寞。日月并称，似乎匹配成一对。其实，地球是太阳的第三子，月球却是地球的独女，要算是太阳的孙女了。这羞怯的孙女，面容虽然光洁丰满，细看，近看，尤其在望远镜中，却是个麻脸美人。

“真像个雀斑美人。”宓宓对着三脚架顶的相机镜头赞叹道。

“对啊，一脸的雀斑。”我连忙附和，同时觉得刚才的评断太唐突了。

“古人就说成是桂影吧。”维梁说。

“今人说成是陨星穴和环形山。”我应道。

“其实呢，月亮是一面反光镜。”宓宓说。

“对呀，一面悬空的反光镜，把太阳的黄金翻译成白银。”钟玲接口。

“说得好！说得好！”高岛纵声大笑。

“这望远镜好清楚啊，”我说，“简直一下子就飞纵到月亮的面前，再一纵就登上冰球了。要是李白有这么一架望远镜——”

“他一定兴奋得大叫起来！”维梁笑说。

“你看，在月光里站久了，”我说，“什么东西都显得好清楚。宋朝诗人苏舜钦说得好：‘自视直欲见筋脉，无所逃遁鱼龙忧。’海上，一定也是一片空明了。”

“你们别尽对着山呀！这边来看海！”宓宓在另一边栏杆旁叫大家。

空茫茫的海面，似有若无，流泛着一片淡淡的白光，照出庞然隆起的水弧。月亮虽然是太阳的回光返照，却无意忠于阳光。它所投射的影子只是一场梦。远远地在下方，台湾海峡笼在梦之面纱里，那么安宁，不能想象还有走私客和偷渡者出没在其间。

“你们看，海面上有一大片黑影。”宓宓说。

大家吓了一跳，连忙向水上去辨认。

“不是在海上，是在岸上。”高岛说。

陡坡下面，黑漆漆的珊瑚礁岸上，染了一片薄薄的月光。但靠近坡脚下，影影绰绰，却可见一大片黑影，那起伏的轮廓十分暧昧。

“那是什么影子呢？”大家都迷惑了。

“那是——啊，我知道了，”钟玲叫起来，“那是后面山头的影子！”

“毛茸茸的，是山头的树林。”宓宓说。

“那……我们的亭子呢？”维梁说。

“让我挥挥手看。”高岛说着，把手伸进皎洁的月光，挥动起来。

于是大家都伸出手臂，在造梦的月光里，向永不歇息的潮水挥舞起来。

木棉之旅

世界上的花树之中，若论阳刚之美，我的一票要投给木棉。因为此树的主干坚挺而正直，打桩一样地向大地扎根。发枝的形态水平而对称，每层三尺，一层层抽发上去，乃使全树的轮廓像一座火塔。花发五瓣，其色亮橘或艳红，一丛丛地顺枝发作，但从树下仰望，一朵朵都被黑萼托住，明丽之中另有一种庄严。一棵盛开的木棉树展示出匀称而豪健的抽象之美。

高雄人虽然把木棉选成了市花，但春天来时，市内的紫荆和黄槿处处惊艳，却少见木棉朗爽的影子。整个中山大学的校园只有瘦瘦的一株，高雄女中的前院有一对；最动人的一丛，有八九株，却在师范学院里面。其他的地方应该还有，不过为数有限，否则去年三月，木棉花文艺季要做海报，不至于找不到可以取景的地方。

倒是沿着初春的高速公路北上，一出了高雄，往往一排排盛开的木棉，像服饰鲜丽的春之仪队，夹道飞迎而来，那么猝不及防，又像是美之奇袭，一下子照得人眼红心热，四周的风景也兴奋起来。美，有什么用呢？常有精明的人这么精明地问。我也说不出它究竟有什么用，只觉得它忽然令你心跳，血脉的河流畅通无阻，肺叶的翅膀迎风欲飞，世界忽然新奇起来。这还不够吗？

木棉之市而不见木棉，总有点徒具虚名，而所谓木棉花文艺季也只是心里发热而已。与其艳羡别的地方木棉成行成队，例如台北的罗斯福路，何不趁早在自己的门口植树呢？所以在三月二十一日，春分那天，木棉花的信徒们便荷铲提水，在仁爱公园里种下了一百多棵木棉的树苗，满怀希望，预约一个火红的春天。参加种树的家庭各认领一棵幼苗，不但全家一起填土浇水，而且以后还要定期回来护苗。有两个小姐妹都穿着木棉红的短装，戴着木棉落瓣编成的花冠，也忙着为新苗浇水。她们父母的巧思赢得了其他种树人的称赞。

一排美丽而伶俐的女童子军列队在凉亭边，等着把带头的种树人领去各自的新苗之前。她们不也是青青的新苗吗？我满心愉悦地想。苏南成市长种的是一号树苗，我则被领去第二号。那天气候晴爽，不算很热，苏市长兴奋得像个大孩子，反过来领着他的那位女童子军，大呼一声"跟我来"。他铲了好多泥土填坑，对四周的市民和记者说："这棵树就是我了，树在人在，树死人亡。你们要好好保护。"逗得大家都笑起来。

预约一个火红的春天吗？要再过几年才会成树开花呢？真令人等得心焦。但是才过了几天，就有人告诉我说，那些新苗已经有不少被人拔掉了，或是折断了。我的心凉了半截。让春天从高雄出发吗？大话是我说的。也许是我太天真了，才看到种子就幻想一座森林。如果心中没有春天，即使街上有成排的花树，空中有成群的燕子，这仍是一座冷酷的城市。如果人人都不浇别人的树，绿荫就不会来遮你的头。

就在这时，远离五福路和七贤路的滚滚红尘，在东北东的方向，在两千八百多公尺的南大武山影下，在一所山胞读书的小学校园里，一座百龄以上的原始木棉树林天长地久地矗在半空，耸着英雄木高贵的门第。

这是薛璋听来的消息。他只身下乡去探虚实，回来告诉我们说，花期已过，满树的蒴果悬在半空，不久就会崩裂，只等风来吹棉。还有，他说，那些老树都已参天，有十层楼那么高。

“真的呀？”好几双眉毛全抬了起来，没有十层楼高，却至少有一寸高。

终于一辆游览车载着我们一行二十多人，越过宽宽的高屏溪，深入屏东县境，来到雾台乡武潭小学的平和分校。正是星期天的中午，只偶然看见三两个衣着简朴、肤色微黯的排湾族小孩。车未停定，蔽天的林木之间已可窥见小学的校舍。等到停定，发现入林已深，天色竟然有点暗了下来，众人下车，四下里打量，才醒悟不是天变了，而是树林又密又高，丛叶虽然不很浓茂，但是树多，一有缺口，便有更多的树围拢过来，而最触目惊心的是那些灰褐的树干全都矗然而直，挺拔而起，几何美的线条把仰望的目光一路提上天去。

“这些——”一个昂起的头，曳着秀长的黑发说，“就是木棉树吗？”

“是啊，这些全是木棉。”黄孝棪校长说。

“黄校长以前在屏东做过教育局局长，”薛璋说，“这一带每一所小学他都到过。”

“这些木棉怎么会这么高呢？”那颗昂头垂下来问道。

“哦，这些都是外来品种，相传是三百年前由荷兰人带来的。”不知是谁回答道。

“林务局的人告诉我，”心岱说，“这些树是四十五年前，日据的末期种的，品种来自美洲。植了四千株，现在只剩五百多株了。”

“怪不得跟我们本地的不一样，”那颗长发之头又昂起来了，“不但高，而且发枝的姿态也是往上斜翘，不像本地的那样平伸。”

“好高啊，”另一颗头颅仰面说道，“恐怕有十层楼高吧？”

“没有十层，至少也有七八层楼高。”我说，“可惜花期已过，否则这几百棵木棉一起发作，怕不得烧红半边天。”

“啊不，”薛璋说，“本地人说，这些吉贝属的老木棉开的是一丛丛的白花。现在花期虽过，蒴果却结了满树，再过不久，果都裂开，风一来，就会飘起满天的飞絮。”

“真的？”好几颗放平了的头又仰起脸来，向七层楼上扫描。果然，满天都挂着土褐色的蒴果，形状有点像甘薯，简直成百上千。

“哇！棉花就在里面吗？”几张嘴抢着问树顶。累累的蒴果并无反应，空气寂静无风。

“那么高，否则采一个下来剥剥看。”谁在埋怨。

“那，这里有一个呢。”有人一面叫道，一面蹲下去捡了起来。几颗头都围了过去。那人把枯裂的棉荚剥开，里面露出一团团白中带点淡黄的棉絮，拿到嘴边一吹，几朵胖胖的小云便懒懒地飘扬起来。一时众人都低下头去，向树底的板根四周去寻找落地的枯荚。寻获的人一声惊喜，就剥开来大吹其棉絮，只见乱云纷纷，有的浮荡了一阵落到泥地上，有的就沾在头发和衣服上。远远望去，又像是一群儿童在吹肥皂泡。

大家兴奋地朝前走，画眉鸟啾啭的森林浴里，来到木棉林的另一端。绿荫疏处，南大武山的翠微隐隐在望。黄校长手里捧着两个蒴果，跑过来送我；君鹤又捡到一个颜色青嫩的，说是落地不久。有人找了一个纸袋给我装起来，很快，袋里就有了半打蒴果了。

我们走到一柱巨干的面前，细细观赏树皮的肌理。只见古拙而粗糙的表皮，瓦灰色之中带点淡赭，十分耐看，纵走的裂纹之间，长着一簇簇的尖刺，望之坚挺而犀利，有两公分长。长得密的部分，像是严阵待敌，令人想起一根巨型的狼牙棒。大家忍不住用手指去试那一排排骇目的锋芒，像是在摸一件年淹代久而犹张牙舞爪的兵器。

“你看这木棉树，”我说，“刚柔都备于一身，有那么温柔的棉絮，也有这么刚烈的刺。”

“本地的木棉也有刺的，”宓宓说，“不过没有这么坚锐，倒像是脸上的疱。”

大家都笑了。我说香港的木棉也是如此。忽然树皮上有物在蠕动，其色暗褐，近于树皮。原来是一只大天牛，正在向上攀爬，触须挥舞着一对长鞭。向阳拾起一根断枝，逗弄了一会儿，好不容易才把这难缠的“锯树郎”引下树来。

我和黄校长、君鹤一面先后合抱住这棵千刺的巨树，让宓宓照相，一面留神，不让这狼牙巨棒把我们搠成蜂窝。刚毅而魁梧的生命，用这许多硬角护住胸中同心圆年轮的秘辛，就在我们软弱的手臂间向上升举，举到不见项背的空际。拔之不起，撼之不摇，刹那间，人与树似乎合成一体，我的生命似乎也沛然向上而提升，泰然向下而锥扎，有顶天立地之概。这当然是瞬间的幻觉罢了。无根之人凭什么去攀附深根的巨树？且不说树根入地有多深多广，就看地上的板根，三褶四叠，斜斜地张着，有如怪鸟的巨蹼，虽然比不上银叶树盘踞的板根，也够壮观的了。

正想着，脚下踩着一样东西，厚笃笃的，原来又是一个蒴果。俯拾起来，沿着裂缝剥开，里面一包包尽是似绢若棉的纤维，安排得非常紧凑。再把棉絮剥开，里面就包着一粒豆大的光滑黑子。就着唇边猛力一吹，飘飘忽忽，一朵懒慵慵的白云就随风而去。只可惜吹的是口气，不是山风。午日寂寂，一点风也没有。若是起风，这朵云的飞程就会长久多了，而种子呢，当然会播得更远。我不禁想起了蒲公英。

"真应该得最佳设计奖。"我赞叹道。

"但是吹到哪里去呢？"宓宓像在问自己。

"那些小树不就是吗？"君鹤指着十码[①]外的几株青青幼树，细干上长满了丛刺，有如玫瑰的刺茎。最令人惊奇注目的是有些多节的断桩上，亭亭而立抽出嫩青的新干；有的新干也断了，竟长出更嫩更细的茎来，形成三代同根

① 1码约为0.9米。

的奇景。先先后后，我们不都是乘风漂海而来的吗？为什么树皆有根，大地曾不吝乳汁，而人，几十年了，却无处容你落根？不知道我们是谁设计的，竟这么不够完善。

楚戈走了过来，看见我们正在指点一株三代树，断桩高可及腰，断面有椅面那么大，正围在三枝新干之间，顶上还覆着一簇簇五片的鲜绿新叶。“太好了！”楚戈说着，脱去鞋子，径自登上桩座，靠在三干之间，盘腿闭目，打起坐来。几架摄影机向他对准，楚戈浑然不觉。

“你们看哪，木棉道人！”我说。大家笑了起来。

回程的车上，仍然有人在谈论木棉，几乎每人都带回一个蒴果。我在想，木棉的叶子并不茂密，遮阴无功。它的木质松软，只能做包装箱板。自从合成棉采用之后，它的棉絮已经没有人要收了。据说干了的花瓣以前可以做药，有助于消炎。而现在，此树几乎没有什么实用了，它纯然是为了美而存在，花季虽然不长，比起夜深才灿发的昙花却耐久多了。当它满枝的红葩一齐烧起，火炬一般的接力赛向北传递，春天所有的眼睛全都亮了。木棉花季是醉了的视觉。梵高死了，梵高的灵魂在向日葵里熊熊发光。但愿木棉能找到中国的梵高。

古堡与黑塔

1

欧游归来，在众多的记忆之中幢幢然有一座苍老的城堡，悬崖一样斜覆在我的梦上。巴黎的明艳，伦敦的典雅，都不像爱丁堡那样祟人难忘。爱丁堡确是有一座堡，危踞在死火山遗下的玄武岩上，好一尊千年不寐的中世纪幽灵，俯临在那孤城所有的街上。它的故事，北海的风一直说到现在。衬在阴沉沉的天色上，它的轮廓露出城墙粗糙的皮肤，依山而斜，有一种苦涩而悲壮的韵律，莫可奈何地缭绕着全城。

从堡上走下山来，沿着最繁华的王侯街东行，就看到一座高傲的黑塔唯我独尊地排开四周不相干的平庸建筑，在街的尽头召你去仰拜。那是一座嶙峋突兀的瘦塔，一簇又一簇锋芒毕露的小塔尖把主塔簇拥上天，很是气派。近前看时，塔楼底下，高高的拱门如龛，供着一尊白莹莹的大理石雕像，是一个长发垂眉的人披衣而坐，脚边踞着一只爱犬。原来那是苏格兰文豪司各特的纪念塔（Sir Walter Scott Monument）。

司各特死于一八三二年九月二十一日。苏格兰人为了向他们热爱的文豪致敬，决定在他的出生地爱丁堡建一座堂皇的纪念塔，并在塔下供奉他的石像。建筑的经费由大众合捐，共为一万六千一百五十四镑。建塔者先后二人，为康普（George Meikle Kemp）与庞纳（William Bonnar）。雕像者为史悌尔（Sir John Steel）。一八四〇年八月十五日，也就是司各特六十九岁冥诞的那天，纪念塔举行奠基典礼，仪式十分隆重，并鸣礼炮七响。六年后的八月十五日，又行落成典礼，各地赶来观礼的苏格兰人，冒着风雨列队在街头，看官吏与工程人员游行而过，并听市长慷慨致辞颂扬文豪，礼炮隆然九响。

司各特的坐像用名贵的卡拉拉大理石雕成，雕刻家的酬金为两千英镑，这在十九世纪中叶是够丰厚的了。甚至三十吨重的像座也是从意大利运来的大理石，因为太重了，在来亨起运时竟掉进海里。纪念塔高达二百英尺又六英寸[①]，四方的底基每一面都宽五十五英尺，这样的体魄难怪要气凌全城。塔的本身用林利斯高附近页岩采石场所出的宾尼石建造，据说这样的石料含有油质，可以耐久。塔外的回廊分为三层，攀到顶层要踏二百八十七级石阶。塔上高高低低有六十四个龛位，各供雕像一尊，以摹状司各特小说里繁多的人物。一个民族对自己作家的崇拜一至于此，真可谓仁至义尽了。莎翁在伦敦，雨果在巴黎，还没有这样的风光。西敏寺里的壁上也有司各特的一座半身像，却缩在一隅，半蔽在一个大女像的背后。

2

司各特不能算多么伟大的作家，他的作品，无论是早年的叙事诗还是后期的传奇小说，都未达到最伟大的作品

---

① 1英尺约为30厘米，1英寸约为2.5厘米。

所蕴含的深度。他的诗可以畅读，却不耐细品，所以在浪漫派的诗里终属二流。他的小说则天地广阔，人物众多，文体以气势生动见长。以《威夫利》为首的一套小说，纵则探讨苏格兰的历史与传统，横则刻画苏格兰社会各种阶层的人物，其广度与笔力，论者常说差可追拟莎士比亚的历史剧。司各特熟悉苏格兰的民俗，了解苏格兰的人物，善用苏格兰的方言与歌谣，这些长处，再加上流利而诙谐的文笔，使他的这一套小说当时风靡了英国，为浪漫小说开拓出一个新世界，而且流行于欧洲，启迪了大仲马和雨果。我们甚至可以说，这类小说是“历史乡土”；司各特真正为自己的人民掘土寻根，当然苏格兰人要崇奉他为民族的文豪。

司各特后期的小说将时空移到他不太深知的范围，例如法国与中东，成就便不如他写的本土《威夫利》系列。不过他博闻强记，加以上下求索，穷寻苦搜，一生的作品十分丰盛。除了《拿破仑传》之外，他还编了朱艾敦与史威夫特的作品集，为十八世纪的小说家作序，并在《爱丁堡评论》及《评论季刊》上发表文章，足见这位小说大家也有其学者的一面。

十九世纪，司各特名满全欧，小说的声誉不下于拜伦的诗。到二十世纪，文风大变，他的国际声誉也就盛极而衰。西印度大学的英文教授克勒特威尔（Patrick Cruttwell）说得好：司各特的心灵“幽默而世故，外向而清明”。熟读亨利·詹姆斯或乔伊斯的现代读者，大概不会迷上司各特。可是二十世纪六十年代以来，也有不少严谨的批评家重新肯定他写苏格兰风土的那些小说。戴维在他的《司各特之全盛时代》（*Donald Davie:Heyday of Sir Walter Scott*）里，便推崇司各特为真正的浪漫作家，并非突袭十八世纪新古典的遗风。

我一面攀登高峻的纪念塔，一面记起在大学时代念过的《护身符》（*Talisman*）。在我少年的印象里，司各特是一把金钥匙，只要一旋，就可以开启历史的铁门，里面不是杳无人踪的青苔满地，而是呜咽叱咤的动乱时代。他的小说可以说是历史的戏剧化：历史像是被人点了穴道，僵在那里，他一伸手，就都解活了过来。曾几何时，他自己也已加入了历史。我从伦敦一路开车北上，探浩斯曼的勒德洛古城，华兹华斯的烟雨湖区，怀古之情已经越陷越深。而一进了苏格兰的青青牧野，车行一溪独流的荒谷之间，两侧嫩绿的草坡上缀着点点乳白的羊群，一直点撒到天边。这里的隐秘与安静，和外面世界的劫机新闻不能联想。于是彭斯的歌韵共溪声起伏，而路侧的乱石背后会随时闪出司各特的英雄或者乞丐。一到了爱丁堡，司各特的故乡，那亦真亦幻的气氛就更浓了。城中那一座傲立不屈的古堡，司各特生前曾徘徊而凭吊过的，现在，轮到我来凭吊，而司各特自己，立像建塔，也成为他人凭吊的古迹了。

在一条扁石铺地的迂回古巷里，我找到一座似堡非堡的老屋，厚实的墙壁用青白间杂的糙石砌成，古朴重拙之中有亲切之感。墙上钉着一方门牌，正是“斯黛儿夫人博物馆”（Lady Stair's House）。馆中陈列的画像、雕像、手稿、遗物等，分属苏格兰的三大作家：彭斯、司各特、史悌文森。楼下的展览厅居然有一只残旧脱漆的小木马，据说是司各特儿时所骑。隔着玻璃柜子，我看见他生前常用的手杖，杖头有节有叉，上面覆盖着深蓝色的便帽，帽顶有一簇亮滑的丝穗。名人的遗物是历史之门无意间漏开的一条缝，最惹人遐想。一根微弯的手杖笃笃点地而来，刹那间你看见那人手起脚落，牵着爱犬，散步而去的神态。正冥想间，忽然觉得眼角闪过一道银白的光。走近了端详，原来邻柜蜷着一绺白发，弯弯的，约有五六英寸长，那偃伏的姿态有若饱经沧桑，不胜疲倦。旁边的卡片说明，这是司各特重病出国的前夕，某某夫人所剪存。一年之后，他便死了，只留下那一弯银发，见证当日在它的覆盖之下忙碌的头颅啊，曾经闪动过多少故事、多少江湖风霜、多少历史性的伟大场面。

3

司各特的小说令人神往，我却觉得他的生平更令我感动。他那高贵品格所表现的大仁大勇，不逊于出生入死的英雄。在五十五岁那年，他和朋友合股的印刷厂和出版社因周转不灵而倒闭，顿时让他陷入十一万七千镑的债务。那时英镑值钱，他的重债相当于当日的五十多万美元。司各特原可宣布破产或接受朋友的援助，却毅然一肩承担下来，决意清偿自己全部的债务。他说："我不愿拖累朋友，管他是穷是阔；要偿债，就用自己的右手。"

他立刻卖掉爱丁堡城里的房子，搬回郊外三十五英里①

① 1英里约为1609米。

的别墅阿波慈福（Abbotsford）；本来他连阿波慈福也要拿来抵债，可是债主们不忍心接受。司各特夫人原已有病，迁下乡后几星期就死了。在双重的打击下，他奋力写书还债，完成了九卷的巨著《拿破仑传》。两年后他竟偿还了约值二十万美元的债，其中一半即为《拿破仑传》的收入。事变之初，他的身体本已不适，这时更渐渐不支，却依然努力不懈。事变后四年，正值他五十九岁，他忽然中风。翌年又发了一次。他勉力挣扎，以口述的方式继续写作。他的日记上这么记道："这打击只怕已令人麻木，因为我浑似不觉。说来也奇怪，我竟然不怎么张皇失措，好像有法可施，但是天晓得我是在暗夜中航行，而船已漏水。"

英王威廉四世听到这件事，更听说地中海的阳光有益于病人，就派了一艘叫"巴伦号"（HMS Barham）的快舰，专程把司各特送去马尔他岛，后来又驶去那不勒斯和罗马。这样的照顾虽然比杜甫的"老病有孤舟"要周到得多，但司各特的病情却无起色。他的心仍念着苏格兰。这时传来歌德的死讯，他叹道："唉，至少他死在了家里！"在回程的海上，他因脑溢血而瘫痪。回到阿波慈福后，重见苏格兰的青山流水，听到自己家里的狗叫，他迸出了回国后的第一声欢呼。几星期后，他死在自己甘心的阿波慈福，时为一八三二年九月二十一日，他的遗体葬在朱艾波罗寺的族人公墓，和亡妻并卧在一起。

不愿损害他人，是为大仁。不惜牺牲自身，是为大勇。这样的道德勇气何逊于司各特小说中的英雄豪侠。今日的富商巨贾，一旦事败，莫不挟款远飞，哪里管小民的死活。这种人在司各特面前，应当愧死。司各特不愧为文苑之豪侠。这一点，加上他笔下的阳刚之气、江湖之风，是招引我从伦敦冒着风雨，北征爱丁堡的一大原因。而现在，我终于攀他的纪念塔而上，怀着远客进香的心情。

4

八十年前，林琴南译罢《撒克逊劫后英雄略》，在序中推崇作者为“西国文章大老”，又称他文章之隽妙“可侪吾国之史迁”。林老夫子不懂英文，“而年已五十有四，不能抱书从学生之后，请业于西师之门……虽欲私淑，亦莫得所从”。但是他把司各特比拟司马迁，却有见地。太史公的至文在他的列传，写的虽然也是历史，但其中人物嬉笑怒骂，事事如在眼前，也真是历史的戏剧化。况且在人格上，两人的巨著都是在常人难忍的心灵重压之下努力完成的。后面这一点林琴南大概并不知道，不过此刻，如果他能够偕我同登这“西国史迁”之塔，一定会非常兴奋。

顺着扇形的回旋石梯盘蜿攀升，一手必须拉住左面壁环上串挂如蟒的粗索，每一步都像是踏在扇骨上，每一步都高了一级，也转了二十几弧度的方向。哥特式尖塔的幽深回肠里，登塔者不小心一声咳嗽，就激起满塔夸张的共鸣。如果一位胖客回旋地白天而降，狭路相逢，这一边就得紧贴着墙做壁虎，那一边只好绕着无柱之柱的扇心，踮着扇骨的锐角，步步为营，半跌半溜地落下梯去。爱丁堡，你怎么越来越矮了呢？每转一个弯，窄长的窗外就换一框街景。司各特小说中的人物，狮心理查、沙拉丁、艾文霍、大红侠、查理王子、芭萝丝、丽碧佳、奇女子基妮·定思、最后的江湖歌手……六十四个雕像，在各自的长石龛里，走马灯一般地闪现又逝隐。梯洞越尖越窄，回旋梯变成了天梯，每一步似乎都半踩在虚空，若在塔外，忽然，已经无可再登。下面的人把你挤出了梯口，你已经危靠在最高层回廊的栏杆上，背贴着塔尖，面对着爱丁堡阴阴的天色。

到了这样的高度，爱丁堡一排排一列列的街屋，柔灰而带浅褐的石砌建筑，平均六七层楼的那种，就都驯驯地蜷伏在脚底了。跟上来的，只有在半空中此呼彼应的几个塔尖，瘦影纤纤，在时间之外挺着哥特式的寂寞。虽然是七月底了，海湾的劲风迎面扑来，厚实的毛衣都灌满了寒气，飘飘然像一件单衫。迎风的人微微晃动，幻觉是塔在晃动，幻觉自己是站在舰桥上，顶着海风。

东望高屯山，轮廓黑硬触目的是形若单筒望远镜的纳尔逊纪念塔，下面石柱成排，是为拿破仑之战告终而建的神殿。北望是行人接踵、车潮汹涌的王侯街，威夫利旅馆就在对街，以司各特的名著为名。斜对着它的是威夫利桥，桥下铁轨纵横，是威夫利车站。爱丁堡的人不忘司各特，处处都是庞大的物证。

西望就是那中世纪的古城堡了，一大堆灰扑扑、暗沉沉的石墙上，顽固而孤傲地耸峙着堡屋与城楼，四方的雉堞状如古王冠，有一面旗在上面飘动，成为风景的焦点。建筑的外貌，从长方形到三角形再到四边形，迎光的灰褐，背光的深黛，正正反反的几何美引动了多少远目。我不禁想起，那里面镇着的正是苏格兰的国魂和武魄：皇冠室里供着的皇冠，红绫金框，上面顶着十字架，周围嵌着红宝石，下面镶着白绒边；皇冠旁边放着教皇赐赠的权杖和剑。三物合称苏格兰王权的标识（the Scottish Regalia），苏格兰并入英格兰后均告失踪，一百多年后，官方派遣司各特领队搜寻，终于在一个锁住的箱子里找到了。司各特掀开箱盖的一刹那，他的女儿在场，竟因兴奋而晕倒。苦命的玛丽女王曾住在堡上，正殿的剑戟和甲胄，排列得寒光森然。国殇堂上，两次大战阵亡的英魂都刻下了名字，而武库里，更有从古到今的戎装和兵器、号鼓和旌旗，包括中世纪攻城的巨炮，深入堡底的古井……当我想起这一切，想起多么阳刚的武魄，正阴魂不散地绕着那堡城，扑面的寒风，就觉得有些悲壮。

堡在山上，塔在脚底，这两样才是爱丁堡的主人，那些兴亡匆匆的现代建筑，建了又拆，来了又去，只能算过客罢了。如果此刻从堡上传来一阵号声，忽地把司各特惊醒，这主客之比他一定含笑赞成。然而古堡寂寂，号已无声，只留下黄昏和我在黑塔尖上，犹自抵挡七月的风寒。

风吹西班牙

1

若问我西班牙给我的第一印象，立刻回答是：干。

无论从法国坐火车南下，还是像我此刻从塞维亚开车东行，那风景总是干得能敲出声来，不然，划一根火柴也可以烧亮。其实，我右边的风景正被几条火舌壮烈地舐食，而且扬起一缕缕的青烟。正是七月初的近午时分，气温不断在升高，整个安达露西亚都成了太阳的俘虏，一草一木都逃不过那猛瞳的监视。不胜酷热，田里枯黄的草堆纷纷在自焚，噼啪有声。我们的塔尔波小车就在浓烟里冲过，满车都是焦味。在西班牙开车，很少见到河溪，公路边上也难得有树荫可憩。几十里的晴空干瞪干瞪，变不出一片云来，风几乎也是蓝的。偏偏租来的塔尔波，像西欧所有的租车一样，不装冷气，我们只好打开风扇和通风口，在直灌进来的暖流里逆向而泳。带上车来的一大瓶冰橙汁，早已蒸得发热了。

西班牙之干，跟喝水还有关系。水龙头的水是喝不得的，未去之前早有朋友警告过我们，要是喝了，肚子就会一直咕噜发酵，腹诽不已。西班牙的餐馆不像美国那样，一坐下来就给你一杯透澈的冰水。你必须另外花钱买矿泉水，否则就得喝啤酒或红酒。饮酒也许能解忧，却解不了渴。所以在西班牙开车旅行，人人手里一大瓶矿泉水。不过买时要说清楚，是 con gas 还是 sin gas[①]，否则一股不平之气，挟着千泡百沫冲顶而上，也不好受。

西班牙不但干，而且荒。

这个国家人口不过是台湾的两倍，面积却十四倍于台湾。它和葡萄牙共有伊比利亚半岛，却占了半岛的百分

① con gas：有气泡的。sin gas：无气泡的。

之八十五。西班牙是一块巨大而荒凉的高原，却有点向南倾斜，好像是背对着法国而脸朝着非洲。这比喻不但是指地理，也指心理。西班牙属于欧洲却近于北非。三千年前，腓尼基和迦太基的船队就西来了。西班牙人把自己的土地叫作“爱斯巴尼亚”（España），古称“希斯巴尼亚”（Hispania），据说源出腓尼基文，意为“偏僻”。

西班牙之荒，火车上可以眺见二三，若要领略其余，最好是自己开车。典型的西班牙野景，上面总是透蓝的天，下面总是炫黄的地，那鲜明的对照，天造地设，是一切摄影家的梦境。中间是一条寂寞的界限，天也下不来，地也上不去，只供迷幻的目光徘徊。现代人叫它地平线，从前的人倒过来，叫它天涯。下面那一片黄色，有时是金黄的熟麦田，有时是一亩接一亩的向日葵花，但往往是满坡的枯草一直连绵到天边，不然就是伊比利亚半岛的肤色，那无穷无尽无可奈何的黄沙。所以毛驴的眼睛总含着忧郁。沙丘上有时堆着乱石，石间的矮松毛虬虬地互掩成林，剪径的强盗——叫 bandido[1] 的——似乎就等在那后面。

---

① bandido：伯纳多。

法国风光妩媚，盈目是一片娇绿嫩青。一进西班牙就变了色，山石灰麻麻的，草色则一片枯黄，荒凉得竟有一种压力。绿色还是有的，只是孤零零的，点缀一下而已。树大半在缓缓起伏的坡上，种得整整齐齐，看得出成排成列。高高瘦瘦，叶叶在风里翻闪着的，是白杨。矮胖可爱的，是橄榄树，所产的油滋润西班牙人干涩的喉咙，连生菜也用它来浇拌。一行行用架子支撑着的，就是葡萄了，所酿的酒温暖西班牙人寂寞的心肠。其他的树也是有的，但不是很茂。往往，在寂寂的地平线上，什么也没有，只有一棵孤树撑着天空，那姿态，也许已经撑了几世纪了。绿色的祝福不多，红色的惊喜更少。偶尔，路边会闪出一片红艳艳的罂粟花，像一队燃烧的赤蝶迎面扑打过来。

山坡上偶尔有几头黑白相间的花牛和几只绵羊，在从容咀嚼草野的空旷。它们不知道佛朗哥是谁，更无论千百年来伊斯兰教的兴衰。我从来没见过附近有牧童，农舍也极少见到，也许正是半下午，全西班牙都入了朦胧的“歇时榻”（siesta）吧。比较偏僻的野外，往往十几里路不见人烟，甚至不见一棵树。等你已经放弃了，小丘顶上出人意料地却会踞着、蹲着，甚至匍着一间灰顶白壁的独家平房，像是文明的最后一哨。若是那独屋正在坡脊上，背后衬托着整个晚空，就更令人感受到孤苦的压力。

独屋如此，几百户人家加起来的孤镇更是如此。你以为孤单加孤单会成为热闹，其实是加倍地孤单。从格拉纳达南下地中海岸的途中，我们的塔尔波横越荒芜而崎岖的内华达山脉（Sierra Nevada），左盘右旋地攀过一棱棱的山脊，空气干燥无风，不时在一丛杂毛松下停车小憩。树影下，会看见一条灰白的小径，在沙石之间蜿蜒出没，盘入下面的谷地里去。低沉的灰调子上，感觉到有什么东西在移动。定睛搜寻，才瞥见一顶 sombrero[①] 的宽边大帽遮住一个村民骑驴的半面背影。顺着他去的方向，远眺的旅人终于发现谷底的村庄掩映在矮树后面，在野径的尽头，在一切的地图之外，像一首用方言来唱的民谣，忘掉的比唱出来的更多。而无论多么卑微的荒村野镇，总有一座教堂把尖塔推向空中，低矮的村屋就互相依偎着，围在它的四周。那许多孤零零的瘦塔就这么守着西班牙的天边，指着所有祈愿的方向。

---

① sombrero：一种墨西哥帽。

最难忘的是莫特利尔镇（Motril）。毫无借口地，那幻象忽然赫现在天边，虽然远在几里路外，一整片叠牌式的低顶平屋，在金阳碧空的透明海气里，白晃晃的皎洁墙壁，相互分割成正正斜斜的千百个几何图形，一下子已经奔凑到你的眼睫之间，那样祟人的艳白，怎么可能！拭目再看，它明明在那边，不是幻觉，是奇观。树少而矮，所以白屋拥成一堆，白成一片。屋顶大半平坦，斜的一些也斜得稳缓，加以黑灰的瓦色远多于红色，更加压不下那一大片放肆的骄白。歌德说："色彩是光的修行与受难。"那样童贞的蛋壳白修的该是患了洁癖的心吧，蒙不得一点污尘。过了那一片白梦，惊诧未定，忽然一个转弯，一百八十度拉开蓝汹汹欲溢的世界，地中海到了。

2

西班牙之荒，一个半世纪之前已经有另一位外国作家慨叹过了。那是一八二九年，在西班牙任外交官的美国名作家欧文（Washington Irving），为了探访安达露西亚浪漫的历史，凭吊千百年伊斯兰文化的余风，特地和一位俄国的外交官从塞维亚并辔东行，一路遨游去格拉纳达。虽然是在春天，途中却听不见鸟声。事后欧文在《红堡记》（*Tales of Alhambra*）里告诉我们：

“许多人总爱把西班牙想象成一个温柔的南国，好像明艳的意大利那样装扮着百般富丽的媚态。恰恰相反，除了沿海几省之外，西班牙大致是一个荒凉而忧郁的国家，崎岖的山脉和漫漫的平野，不见树影，说不出有多寂寞冷静，那种蛮荒而僻远的味道，有几分像非洲。由于缺少丛树和围篱，自然也就没有鸣禽，更增寂寞冷静之感。常见的是兀鹰和老鹰，不是绕着山崖回翔，便是在平野上飞过，还有的就是性怯的野雁，成群阔步于荒地。可是使其他国家全境生意蓬勃的各种小鸟，在西班牙只有少数的省份才见得到，而且总是在人家四周的果园和花园里面。

“在内陆的省份，旅客偶然也会越过大片的田地，上面种植的谷物一望无边，有时还摇曳着青翠，但往往是光秃而枯焦，可是四顾却找不到种田的人。最后，旅人才发现峻山或危崖上有一个小村，雉堞残败，戍楼半倾，正是古代防御内战或抵抗摩尔人侵略的堡垒。直到今日，由于强盗到处打劫，西班牙大半地区的农民仍然保持了群居互卫的风俗。”

西班牙人烟既少，地又荒芜，所以欧文在漫漫的征途之中，可以眺见孤独的牧人在驱赶走散了的牛群，或是一长列的骡子缓缓踱过荒沙，那景象简直有几分像阿拉伯。其时境内盗贼如麻，一般人出门都得携带兵器，不是毛瑟枪、喇叭枪，便是短剑。旅行的方式也有点像阿拉伯的驼商队，不同的是在西班牙，从比利牛斯山一直到阳光海岸（Costa del Sol），纵横南北，维持交通与运输的，是由骡夫（arrieros）组成的队伍。这些骡夫生活清苦而律己甚严，粗布背囊里带着橄榄一类的干粮，鞍边的皮袋子里装着水或酒，就凭这些要越过荒山与燥野。他们例皆身材矮小，但是手脚伶俐，肌腱结实而有力，脸色被太阳晒成焦黑，眼神则坚毅而镇定。这样的骡队人马众多，小股的流匪不敢来犯，而全副武装驰着安达露西亚骏马的独行盗呢，也只敢在四周逡巡，像海盗跟着商船大队那样。接下来的一段十分有趣，我必须再引译欧文的原文：

“西班牙的骡夫有唱不完的歌谣可以排遣走不尽的旅途。那调子粗俗而单纯，变化很少。骡夫斜坐在鞍上，唱得声音高亢，腔调拖得又慢又长，骡子呢，则似乎十分认真地在听赏，而且用步调来配合拍子。这种双韵的歌谣不外乎是诉说摩尔人的古老故事，或是什么圣徒的传说，或是什么情歌，而更流行的是吟咏大胆的私枭或无畏的强盗，因为这两种人在西班牙的匹夫匹妇之间都是动人遐想的英雄。骡夫之歌往往也是即兴之作，说的是当地的风光或是途中发生的事情。这种又会歌唱又会乘兴编造的本领，在西班牙并不稀罕，据说是摩尔人所传。听着这些歌谣，而四周荒野寂寥的景色正是歌词所唱，偶尔还有骡铃叮当来伴奏，具有豪放的快感。

“在山道上遇见一长串骡队，那景象再生动不过了。最先你会听到带队骡子的铃声用单纯的调子打破高处的岑寂，不然就是骡夫的声音在呵责迟缓或脱队的牲口，再不然就是那骡夫正放喉高唱一曲古调。最后你才看到有骡队沿着峭壁下的隧道迟缓地迂回前进，有时候走下险峻的悬崖，人与兽的轮廓分明地反衬在天际，有时候从你脚下那深邃而干旱的谷底辛苦地攀爬上来。行到近前时，你就看到他们卷头的毛纱、穗带和鞍褥，装饰得十分鲜艳；经过你身边时，驮包后面的喇叭枪挂在最顺手的地方，正暗示道路的不宁。”

3

欧文所写的风土民情虽然已是一百五十年前的西班牙，但证之以我的安达露西亚之旅，许多地方并未改变。今天的西班牙仍然是沙多树少，干旱而荒凉，而葡萄园、橄榄林、玉米田和葵花田里仍然是渺无人影。盗贼呢，应该是减少了，也许在荒郊剪径的匪徒大半转移阵地，到闹市里来剪人荷包了，至少我在巴塞罗纳的火车站上就遇到了一个。至于那些土红色的古堡，除了春天来时用满地的野花来逗弄它们之外，都已经被匆忙的公路忘记，尽管雉堞俨然、戍塔巍然，除了苦守住中世纪的天空之外，也没有别的事好做了。

最大的不同，是那些骡队不见了。在山地里，这忍辱负重、眼色温柔而哀沉的忠厚牲口，偶然还会见到。在街上，还有卖艺人用它来拖咿咿唔唔的手摇风琴车。可是漫漫的长途早已伸入现代，只供各式的汽车疾驰来去了。不过，就在六十年前，夭亡的诗人洛尔卡（Federico García Lorca，1898—1936）吟咏安达露西亚行旅的许多歌谣里，骡马的形象仍颇生动。其中给我印象最深的，是下面这首《骑士之歌》：

科尔多巴。
孤悬在天涯。

漆黑的小马，圆大的月亮，
橄榄满袋在鞍边悬挂。
这条路我虽然早认识，
今生已到不了科尔多巴。

穿过原野，穿过烈风，
赤红的月亮，漆黑的马。
死亡正在俯视着我，
在戍楼上，在科尔多巴。

唉，何其漫长的路途！
唉，何其英勇的小马！
唉，死亡已经在等待我，
等我赶路去科尔多巴！

科尔多巴。

孤悬在天涯。

这首诗的节奏和意象单纯而有力，特具不祥的神秘感。韵脚是一致开口的母音，色调又是红与黑，最能打动人原始的感情，而且联想到以此二色为基调的佛拉门戈舞与斗牛。二十年前初读史班德此诗的英译，即已十分欢喜，曾据英译转译为中文。三年前去委内瑞拉，有感于希斯巴尼亚文化的招引，认真地读起西班牙文来。我耽于这种罗曼斯文，完全出于感性的爱好。首先，是由于西班牙文富于母音，所以读来圆融浏亮、荡气回肠，像随时要吟唱一样。要充分体会洛尔卡的感性，怎能不直接饕餮原文呢？其次，去过了菲律宾与委内瑞拉，怎能不径游伊比利亚本身呢？为了去西班牙，事先足足读了一年半的西班牙文。到了格拉纳达，虽然不能就和阿米哥们畅所欲言，但触目盈耳，已经不全是没有意义的声音与形象了。前面这首《骑士之歌》，当年仅由英译转成中文，今日对照原文再读，发现略有出入，乃据原文重加中译如上。论音韵，中译更接近原文，因为洛尔卡通篇所押的悠扬 A 韵，中文全保留了，英文却无能为力。

未去西班牙之前，一提到那块土地，我就会想到三个城市：托雷多，因为艾尔格雷科的画；格拉纳达，因为法耶的钢琴曲；科尔多巴，因为洛尔卡的诗。我到西班牙，是从法国乘火车入境，在马德里住了三天，受不了安达露西亚的诱惑，就再乘火车去格拉纳达。第二天当然是去游“红堡”，晚上则登圣山（Sacromonte），探穴居，去看吉卜赛人的佛拉门戈舞。第三天更迫不及待，租了一辆塔尔波上路，先南下摩特利尔，然后沿着地中海西驶，过毕加索的故乡马拉加，再北上经安代盖拉，抵名城塞维亚。

而现在是第四天的半上午，我们正在塞维亚东去科尔多巴的途中。

蓝空无云，黄地无树。好不容易见到一丛绿荫，却远远地躲在地平线上，不肯跟来。开了七八十里路，只越过一条小溪。无论怎么转弯，都避不开那无所不在的火球，向我们毫不设防的挡风玻璃霍霍滚来。没有冷气，只有开窗迎风，迎来拍面的长途炎风，绕人颈项如一条毛茸茸的围巾。我们选错了偏南经过艾西哈（Eceja）的公路，要是靠北走，就可以沿着瓜达几维尔河，多少沾上点水汽了。

就是沿着这条漫漫的旱路跋涉去科尔多巴的吗？六十年前是洛尔卡，一百多年前是欧文，一千年前是骑着白骏扬着红缨的阿拉伯武士，这里曾经是伊斯兰教与基督教决胜的战场，飘满月牙旌与十字旗。更早的岁月，听得见西哥特人遍地践来的蹄声。一切都消逝了，摩尔人的古驿道上，只留下我们这一辆小红车冒着七月的骄阳东驰，像在追逐一个神秘的背影。越来越接近科尔多巴了，这蛊惑的名字变成一个三音节的符咒祟着我的嘴唇。我一遍又一遍低诵着《骑士之歌》：

穿过原野，穿过烈风，
赤红的月亮，漆黑的马。
死亡正在俯视着我，
在戍楼上，在科尔多巴。

洛尔卡的红与黑，我怎么闯进来了呢？公路在矮灌木纠结的丘陵间左右萦回，上下起伏，像无头无尾的线索，前面在放线，后面在收索。风果然很猛烈，一路从半开的车窗外嘶喊着倒灌进来。死亡真的在城楼上俯视着我吗？西班牙人在公路上开车原就躐等躁进，超起车来总是令你血沸心紧，从针锋相对到狭路相逢再到错身而过，总令人凛然，想到斗牛场的红凶黑煞。万一闪不过呢？今生真的到不了科尔多巴？尤其洛尔卡不但是横死，而且是夭亡，何况我胯下这辆车真有些不祥，早已出过事故了。

我的安达露西亚之旅始于格拉纳达，而以塞维亚为东回的中途站，最后仍将回到格拉纳达。昨晚驶入塞维亚，已经是八时过几分了。满城的暮色里，街灯与车灯纷纷亮起，在凯旋广场的红灯前面刹车停下，淡玫瑰色的夕照仍依恋在老城寨上，正悠然怀古，说五百年前，当羊皮纸图上还没有纽约时，伊莎贝拉女皇就是在此地接见志在远洋的哥伦布，忽然，车熄火了。转钥发动了几次，勉强着火，绿灯早已亮起，满街的车纷纷超我而去。这情形重复了三次，令人又惊又怒，最后才死灰复燃，提心吊胆地，总算把这匹随时会扑地不起的驽马驱策到蒙特卡罗旅店的门口，停在斑驳的红砖巷里。这事故，成为我怀古之旅正妙想联翩、自鸣得意时忽地一记反高潮。晚饭后，找遍附近的街巷，不见加油站的影子，更不要提修车行了。那家旅店没有冷气，没有冰箱，只有一架旧电扇斜吊在壁上，自言自语不住地摇头。

“明天怎么办？”

朦胧之间不断地反问自己，而单调的轧轧声里只有那风扇在摇头。整夜我躺在疑虑的崖边，不能入眠。第二天早餐后，我存说不如去找当地的赫尔茨租车行。电话里那赫尔茨的职员用英语说：“你开过来看看。”我们开了过去，向他诉苦：“万一在荒野忽然熄火，怎么办？”他说可以把车留给他们修。我说这一修不知要耽搁多久，我们等不及了。正烦恼之际，有顾客前来还车，他说：“换一辆给你们如何？”

我们喜出望外，只怕他会变卦，立刻换了另一辆车上路。

定下神来，才发现这辆车也是塔尔波，虽然红色换了白色，其他的装备，甚至脾气，依然是表兄表弟。在出城的最后一盏红灯前，啊哈，同样熄了一次火。居然劝动它重新起步，而且一口气喘奔了两个多钟头，但是危机感始终压在心头。睡眠不足的飘忽状态中，昨夜的风扇又不祥地在摇头。不久风扇摇成了风车，巨影幢幢而不安，而胯下这辆靠不住的车子也喘啊哮啊，变成了故事里那匹驽马，毛长骨瘦的洛西南代（Rocinante）。念咒一般，我再度吟哦起那祟人的句子：

死亡正在俯视着我，
在戍楼上，在科尔多巴。

于是西班牙的干燥与荒凉随炎风翻翻扑扑一起都卷来，这寂寞的半岛啊，去了腓尼基又来了罗马，去了西哥德又来了北非的伊斯兰教徒，从拿破仑之战到三十年代的内战，多少旗帜曾迎风飞舞，号令这纷扰的高原。当一切的旌旗都飘去，就只剩下了风，就是车窗外这永恒的风，吹过野地上的枯草与干蓬，吹过锯齿成排的山脉与冷对天地的雪峰，吹过佛拉门戈的顿脚踏踏与响板喀喇喇，击掌紧张的噼噼啪啪，弦声激动的吉他。

雪浓莎

1

一过了奥尔良，左侧的林木疏处，卢瓦尔河的清流便蜿蜿在望了。树色与水光映人眉眼，看不尽法国中北部平原上的明媚风景。车厢里的帷幔和靠背椅，一律是鲜丽的草莓红，跟窗外的绿野对照得十分热闹。看得出，外面的气候渐渐暖了。我说“外面的气候”，因为窗内有冷气。但是空调十分适中，不到砭人肌骨的程度，而且根本不放音乐。就凭这一点，法国的高速火车比西欧各国都安静而高雅。

正是七月下旬的半下午，火车向西南平稳而迅捷地驶行，正对着渐斜的太阳。我们是从卢昂穿越巴黎而南下，目的地呢，到现在还没有决定。说来似乎好笑，因为我们太贪心了，想在两天之内访遍卢瓦尔河中游的古堡。从奥尔良到昂舍（Angers），两百多公里的路程，散布在卢瓦尔河谷地（Val de Loire）的大小城堡，多达二十几座，简直像一部摊开来的法国文艺复兴史，要一一看尽，至少也得半个月。我向摊在膝头的精美风景画册，念咒一般喃喃念着那些鼻音丰浓的名字：Chinon，Chaumont，Chambord，Chenonceau…委实拿不定主意，究竟要去哪里。要是听画册的话，那就任何古堡都不可放弃。

“布卢瓦到了！”车掌隆重地报告站名。我们一跃而起，拎着行囊跳下了火车。

2

我和宓宓挑中了布卢瓦（Blois），因为这里的城堡不但历史悠久，地位重要，而且正在铁路所经，和附近的几个城堡距离也颇适中。早在中世纪时，布卢瓦的伯爵就曾拥有沙特、都尔、香槟、布丽等地，可谓雄踞一方。十六世纪末，吉斯公爵谋反事泄，被法王亨利三世召入堡中，伏兵刺杀。领导七星派的诗人龙沙（Pierre de Ronsard）在这座堡中首次惊艳于柯珊黛。而美第奇的凯瑟琳（Catherine de Medici），贵为三位法王的母后，也死于此。

宓宓眼尖，一出火车站就瞥见租车行的广告。我们决定租车。车行的小姐拿出价目表来，我们选了一辆1600CC的塔尔波，每天租金一百九十八法郎，外加每公里两法郎。这价钱当然贵些，但是自己开车，总是方便多了。循着布卢瓦的街图，我们很快就驶到了城堡。站在沙石铺地的中庭，我们四顾盘盘囷囷的巍峨建筑，只觉其钩心斗角，目不暇接，而茫然若失。这繁复而交错的建筑，东边有墙有堡，是十三世纪古城的遗迹。北边是文艺复兴时代改建的王宫，精美而有意大利风。西边和南边依次是十六世纪和十七世纪加建的厢房。要把其间的关系一一辨明，恐怕不可能。卢瓦尔流域的所谓古堡，早期为堡，后期为宫，往往历时好几个世纪才陆续建成，风格和用途也历经变化，真是一言难尽其状。我们付了入场费，上楼匆匆巡礼一遍。

最吸引我的是诗人龙沙的一幅画像。据说龙沙出身高贵而又仪容不凡，却因十六岁时一场重病耳朵重听，只好放弃外交生涯，潜心钻研古典文学。画中人果然神采出众，令人四百年后为之低回。

但是夏日已斜，古堡尚多，宓宓和我也无心久留，五点多钟便驶出布卢瓦，沿着卢瓦尔河岸西行。正是仲夏的季节，早上在北部的卢昂，塞纳河边还寒风欺人，要穿厚厚的毛衣。在巴黎，夏夜也冷得要盖棉被，何况卢昂还在巴黎以北。但是一到卢瓦尔河流域，风势忽然小了，空气里有一种香软柔驯的触觉，艳阳落到肌肤上，温暖而不燠燥，令人半困半醒，简直是小阳春的味道。四望是苍翠盈目的坦坦平野，要不是卢瓦尔河水蜿蜿的净蓝在中间流过，这无边的绿原真成了一张豪阔的巨毡，诱人五体投地，把自己交给浑然而酣的午寐了。

我摇下车窗，迎来轻轻拂面的河风。河水静静地向西流，一点漪沦也看不出，似乎并不急于赶赴大西洋的盛会。我们顺流而驶，从容观赏河景和水浅处一片片白净的沙洲。忽然一大簇高下相拥的堡屋巍然逼现在对岸，米黄的高墙上拔起铁灰的圆锥塔顶，像戴着一顶顶武士的高盔，阳光映在上面，令人想象铠甲上凛凛的寒光。更近时，才发现城堡是雄踞在一片坡上，屋顶峭然而高，四角拱卫着圆仓一般的堡垒，盔形顶下半掩着一排排的箭孔，像犹在眈眈监视的眼睛。

“是安布瓦斯吗？”我减低车速，兴奋地问道。

“我看哦，”宓宓垂首向地图，“恐怕还不是，嗯，是肖蒙。”

“Chaumont？真的呀？他们说这是拿破仑流放斯泰尔夫人的地方。”

“图上说，黛安娜被遂出雪浓莎后，也给安置在这座堡里。”

“这里面的女人都不快乐。”我望着那一叠森森的铁灰顶说。

“要不要过河去看看呢？”宓宓问。

“趁天色还早，先去安布瓦斯吧。这座堡，回程的时候再看。”

二十分钟后，另一簇城堡峨然在对岸升起，那一大片尖塔、拱门、圆堡、方楼、十字架和神秘的窄窗，凌驾在前景的三层低屋之上，那古今并列的时差之感，在晴艳艳的碧空下面，更显得突兀离奇。催眠似的，我们仰瞻着这幢幢幻象，迎面驶过了河去。在小镇的街巷阵里寻路，好不容易找到堡门，已经六点钟刚过，早关闭了。卢瓦尔河谷的这些古堡，在仲夏的金阳里做中世纪的大梦，闭馆谢客的时间都很早，有的四点半就重门深掩了。站在峡谷一样的街上，我们只能隔着斑驳而粗糙的古石堡墙，引颈窥望里面伸出来的宫屋峭顶和峥嵘的塔尖。夕阳照在荒堞和杂草上，一切都悄然，只有三五只燕子绕城飞回，偶尔，听得到鸦在噪晚。

隔着十仞的高墙不能一窥安布瓦斯的故宫，觉得特别可惜，因为达·芬奇不但在此度过他最后的四年，而且在此逝世。法王弗朗索瓦一世安置大师住在皇宫旁边的屋里，把他当作老师，甚至称他为父。《蒙娜丽莎》便是弗朗索瓦一世以一万两千镑向他买的，但在大师死前两年一直把它挂在自己房里。达·芬奇晚年设计了不少神奇的机器，包括未来的飞机、汽车、战车、平旋桥和直升机，不一而足，按图制造的那些模型可惜也看不到了。

“要不要就在镇上找旅馆住下，明天再进去看呢？”宓宓说。

我打量太阳，还不算怎么偏西，想了一下说：“天色还早，我们不如赶路去雪浓莎吧。如果再错过雪浓莎，就太可惜了。”

夏天在法国，天黑得很晚。在巴黎，太阳要九点半才落到地平线上，像一只好艳好旺的火球。南行不久，我们就逆着卢瓦尔的支流雪耳河，一路向东。这卢瓦尔河中游的夏晚，宁静而且悠长，空气清爽而无风，晴空里充满了夕照，像净蓝的缸里流转着纯金。我们的浅蓝色塔尔波顺着平直的乡道，在鲜黄的向日葵田里驶过，只为了追寻传奇的背影。雪浓莎，魔咒一般的三音节，多么柔丽而哀艳的名字。Chenonceau①，那充满回音与联想的古堡，真的在暮色的深处等着我们吗？

3

法文“chateau”一词，相当于英文的castle，同为城堡之意，但是chatea尚有宫殿的意思，所以把这个字叫作古

① Chenonceau：舍农索堡。

堡，有时候未必妥当。因为法国的一些城堡维修得美轮美奂、金碧迷人，绝非断垣残壁、铜驼荆棘的萧条景象。同时在古代的堡垒和戍楼旁边，往往还建有教堂和华丽的宫殿，做诸侯的府邸，所以往往城多于堡，并不限于军事的用途。

法国的城堡何以集中在卢瓦尔河的中游？而卢瓦尔河谷的城堡又何以如此名贵？其中的原因不妨从地理和历史来分析。原来卢瓦尔河谷盛产白垩，其地质早在八千万年以前就已形成，这种石料色若乳脂而光洁可爱，正好用来建筑。中世纪时已经有雕刻家和建筑师采用此石，但是拿来建宫造堡却是十六世纪以后的风气。

英法之间的所谓“百年战争”（Hundred Years' War, 1337—1453），断断续续，其实打了不止一百年。十五世纪初叶，卢瓦尔河以北之地大半沦于英军及其友军柏根地人，甚至巴黎都失守达十六年之久（1420—1436），简直四倍于纳粹时代。圣女贞德乞兵勤王的时候，法国皇太子查理七世的偏安之局，就是依赖卢瓦尔河谷的希农城堡（Chinon）。战后，法国北部一片荒凉，沦于无政府的混乱状态，历经查理七世与路易十一世两朝的重建，始得恢复。

这时意大利的文艺复兴正在开始，路易十一世之子，法王查理八世（Charles Ⅷ，1470—1498）出征意大利，对该地的宫堡十分赞赏，觉得比起那种开敞而明亮的建筑风格来，自己国内的壁垒实在太阴冷闭塞了。那时法国的城堡多为百年战争的残余，坚壁清野的实用远重于宴游的享受，当然要厚其高墙、窄其长窗。查理八世回国的时候，索性带了那不勒斯的漆工和石匠，在安布瓦斯营造精美的新宫。他兴匆匆地收集了许多珍玩、绘画和家具，准备把文艺复兴引到北方，不幸有一天误撞艺廊的低楣，竟而夭亡。

继承这一股意大利热的法王，是好大喜功的弗朗索瓦一世。于文于武，这位君王都不甘寂寞。他不但师事达·芬奇，更鼓励切利尼与拉伯莱，对于文艺的支持不遗余力。他一生不服神圣罗马帝国的查理五世，屡挑战端，却每次败北。但值得纪念的是，他完成了安布瓦斯的新堡，并着手兴建宏伟而繁复的香波堡（Chambord）。这就是法国文艺复兴风格的开端。卢瓦尔河两岸城堡的兴建维持了两百多年，例如布瑞沙克（Brissac）和雪维尼（Cheverny）二堡便建于十七世纪，而有“马城”之称的索米尔（Saumur），始筑于十四世纪，后来历经内部改装与扩张，终于在一七七一年成为一所骑术学校。

有些城堡早在中世纪就已建好，例如昂舍与朗赛（Langeais）就是十三世纪的贤君路易九世，俗称圣路易（Saint Louis，1214—1270）者所建。朗赛其实建得更早，到圣路易朝才予改建。这些中世纪的古堡多属罗马式或哥特式，墙壁粗糙而色调阴郁，像是斑斑驳驳的史迹，外貌的特点是仓库一般的圆筒堡身和又少又狭的长窗。我在苏格兰住过一夕的达豪西堡（Dalhousie）正属此类，也难怪法国的君王要艳羡意大利的南国迷宫了。

这么多的城堡里面，以景观而言美得匪夷所思，以历史而言又最动人绮念遐想的，却首推雪浓莎，原名Chenonceau，所以“莎”要读“梭”，才有法国味。早在十三世纪，雪浓莎就已是马克家族的庄园。到了一五一二年，其后人因偿重债而被迫售产，诺曼底省的财务官波叶（Thomas Bohier）用一万两千五百镑买了下来。当时的雪浓莎只是一座围有堡垒的庄宅，建在卢瓦尔河的支流雪耳（Cher，法文有“亲爱”之意）河畔，岸边还有一座磨坊，基础就嵌在河底的花岗石里。这种雉堞严峻的老式堡垒，在百年战争的乱世固然便于防守，但到了太平盛世要用来狩猎宴游，却嫌不够舒适、开敞。波叶把古堡拆除，只留下屹然的堡核（keep）；而取代河上磨坊的，是一座文艺复兴早期风格的方宫，楼高三层，四角拱卫着圆身灰顶的尖塔。波叶夫妇不但富于资财，也饶有想象，对于着手改建的新堡寄望甚高，似乎已有预感，自己身后名随堡传。

波叶随弗朗索瓦一世出差到意大利，为陆军采购军需品，他的夫人凯瑟琳便在家监督改建的工程。不久他们又向法王申请，要在雪耳河上增建一座凌波的长桥，法王来访之后，对新堡及四周的林地十分叹赏。一五二六年，波叶夫妇相继去世，产业由儿子安图完·波叶（Antoine Bohier）继承。觊觎雪浓莎已久的弗朗索瓦一世，仔细核查老波叶生前经手的财务，发现了漏洞，命令小波叶代父偿债给法国政府。小波叶偿不起这笔巨款，在法王的安排下，只好用雪浓莎来抵缴。最后，吏人奉命以法王的名义接收了新堡。

从此雪浓莎成了法王的行宫，弗朗索瓦一世常来此地游猎，随从之中除了太子亨利二世与其妃凯瑟琳之外，还有两位美人：一位是法王的爱宠，艾唐普公爵夫人；另一位的名字与雪浓莎的浪漫形象不可分割，便是普瓦蒂叶的黛安娜（Diane de Poitiers）。黛安娜表面上是诺曼底总管的寡妇，实际上却是太子的情人，难怪要招公爵夫人的鄙夷和太子妃的毒恨。而太子呢，衣着一律黑、白二色，那是他情人的标识，他用的纹章也取自她的新月图形。

一五四七年，弗朗索瓦一世崩殂。亨利二世继位后，黛安娜立刻受到无上的眷宠。她从新王手里接受的赏赐，包括巨额的金钱、钻石，甚至皇冠上的珍珠。每口钟收二十镑的国税，也抽了不少成给黛安娜。然而亨利二世送给她的无上重礼，却是雪浓莎。

黛安娜，法国最美丽的女主人，统治了法国最美丽的宫堡。为了衬托新堡，她开辟了宽达两公顷的方形花园，也就是以她为名而传后至今的黛安娜花园。她爱花成癖，所以常常收到的礼物包括玫瑰树、朝鲜蓟之属。在她的指挥下，建筑师、设计师、园艺家和大批的园丁通力合作，使人工与天然密切配合，宫堡与园林互相呼应。草坪、鱼池、菜圃、果园等都开辟了出来。一五五六年，德洛美来探测河床，并奉命在河上架设有名的桥屋，于是雪浓莎得以衔接对岸雪耳河的森林。

美艳的黛安娜在雪浓莎做了十二年的女主人，而容貌始终不衰。最令人惊异的是她比亨利二世大十九岁，入住雪浓莎那年已有四十七岁了，而法王只有二十八岁。这位绝代美人生活极有规律：不论冬夏，她一起床就行冷水浴，然后骑马驰骋，再回去睡觉直到中午。据说她从不化妆，但是肤色常保乳白。又说她虽然姿色动人，衣着却颇为端庄，举止也很高贵，沉静之中还带点矜持。这种冷艳的蛊术，反而更令法王着迷。另外，她大胆起来也全然不理世俗，甚至会裸骑在鹿背上让画师绘像。不幸在一五五九年，喜好比武的亨利为了给自己的情妇争面子而向加布烈挑战，竟意外受伤，数日后便去世了。

法王一死，皇后大权到手，忍了十二年的一口气，立时报复。她命令黛安娜退还皇冠上的珍珠，并且退出雪浓莎。黛安娜还想抗拒，凯瑟琳暗示她不惜动武，黛安娜只好离宫。凯瑟琳命她移居肖蒙堡，她却宁可退回自己的领地安奈。这时她已经五十九岁了，据说七年后她去世时，风韵仍然动人。

在长久的等待之后，终于轮到凯瑟琳入住雪浓莎。这座壮丽的宫堡在她的掌握之中，先后历经三十年。其间在位的三位法王——弗朗索瓦二世、查理九世、亨利三世都是她的儿子，所以她成了至高无上的太后。她在横跨雪耳河的桥上加建了双层的长廊，又在黛安娜花园的对面辟了一片新园，种植外国的花木，名为“凯瑟琳花园”。这女人很爱玩弄权术，一方面纵横捭阖，千方百计维护她三个儿王的宝座，还为查理九世摄政过三年；另一方面却把她的宫娥训练成又像特务又像妓女的所谓“飞骑队”，以侦探敌情并慰劳忠仆。这一队美女在阳光下穿金色的制服，在月光下则换成银衣。野宴的时候，她们就成了河边与林下的精灵，一任兴奋的牧神追赶。

三十年间的雪浓莎是一场无休无止的园游会，淫逸之状难以尽述。为了欢迎她的第三位儿王来雪浓莎，凯瑟琳大办盛宴。席间，新王亨利三世化妆成女子，紧身的胸衣上闪耀着钻石与珍珠，短发露乳的贵妇则男装侍宴，一夕就挥霍掉十万镑之巨，还要向诸侯与意大利人去贷款来偿付。

这样荒唐的游园最后自然要惊梦。内战终于不可收拾，一五八九年，凯瑟琳太后死于布卢瓦堡，紧接着，亨利三世死于狂僧克列芒之手。凯瑟琳临终之前把雪浓莎交给了亨利的皇后——华德蒙的露易丝（Louise de Vaudemont）。

雪浓莎换了主人，也改变了风格。从黛安娜到凯瑟琳，四十二年来这地方一直是酒醉情迷的行乐宫，但在露易丝的治下，却顿然从繁华梦里清醒过来，变成了一座遁世的修道院。亨利三世是荒淫而邪恶的君王，他的横死罪有应得，偏偏他的寡妇皇后却是至性至情的贤妻。丈夫死后，她陷入彻底的悔恨与悲哀，把自己深闭在肃静无哗的宫堡里，寝室低垂着缀有银泪图案的厚重黑绒帷幔，华尔兹的激荡音波变成了忏罪的喃喃低祷，应和着雪耳河西去的水声，而四周，浪笑相逐的飞骑队也换成了潜修默念的娥素娜修女（Ursuline nuns）。露易丝的生活十分俭朴，对一般贫民却很慷慨，大家常见她穿着白色丧服的侧影，都称她为“雪浓莎的白夫人”。

哀愁的白夫人死后，新主人是她的侄女，望东公爵夫人芳思华丝（Francoise de Mercours）。这时波旁王朝正开始，法王亨利四世终于迁都巴黎，卢瓦尔河中游一带这些宫堡的全盛时代也就告终了。望东皇族既然不常来住，也就不愿意在乡下的别墅上花费过多。雪浓莎乃从繁华落入平淡。

但是一百年后，它又以另一种光辉来炫耀法国的眼睛。一七三三年，解甲归田的杜班将军（Claude Dupin）从波旁公爵的手里买下了这座古堡，不久美丽而多才的杜班夫人就成了有名的女主人。若把她的贵宾排列起来，简直就是启蒙运动的名单，毕丰、孔迪雅、伏尔泰、孟德斯鸠、杜黛芳夫人、卢梭等都是她的座上常客。卢梭更做了杜班夫人的秘书和她女儿的家庭教师。他鼓吹回归自然的哲学，也是从雪浓莎灵秀的风景、潋滟的波光得来的感应。他的诗《雪维亚的林荫路》，写的正是从村上通向宫堡的那条荫道，而论违教育的《爱弥儿》也在此完稿。法国革命期间，这座帝王与后妃的行乐宫竟然秋毫无犯，可谓奇迹，那是因为杜班夫人深受村民敬爱。这位福慧兼修的女主人，为美丽的雪浓莎更添了文化的气息。一七九九年她去世的时候，高龄已经九十三岁，后人遵她的遗愿，就把她葬在雪浓莎的墓地里。

4

夕阳在我们的后车窗落向平野，树影一路追了上来。我们在迟长的黄昏里驶入了雪浓莎镇。一八八二年秋天，亨利·詹姆斯来此一游，后来在游记《法国行》里曾说，镇上有一家很整洁的小客栈，可以吃到好菜，招待也很殷勤。但是此刻，在曲折的窄街两边，用各种奇异店名招呼着我们的，却至少有半打的现代旅馆，有的气派显然还不小。奇怪的是，几乎家家都声称客满，但是街上一个行人也不见，巷深楼静，简直像一座弃城。问到一家尚有空房，索价一夕要三百七十法郎，未免有些乱敲。

“总之明早才看得成古堡了，”宓宓说，“今晚倒不在乎要住在镇上。”

“对呀，今晚住在附近就行，明天再来看就好了。”我附和她。

我们继续东行，才两三公里便到另一个小镇，名叫夕宿（Chisseau），比起雪浓莎来，更显村小人稀。公路边一家两层楼的客栈，精巧而雅致，店名漆在白墙上，叫作明舍（Clair Cottage），看来令人欢喜。停车一问，租金只要八十九法郎，便住了下来。吃过晚饭，正是十点，天色已经全黑下来。我们推开店门，正待沿着村道出去散一回步，店东问我们是不是要去看lumière[①]，我们不知道他指的是什

① lumière：吕米叶。

么，只有含糊点头。他便大做手势以助语意，一会儿两手做开车状，一会儿又指指后门。一阵“肢体语言”之后，主客相对而笑。

“为什么看‘吕米叶’要开车呢？”宓宓说，“他明明知道我们只是去散步呀。”

“‘吕米叶’是法文照明的意思。”我说。

“会不会是古堡有什么灯景可看？”

“一定是了，”我恍然大悟，“快上车吧！”

五分钟后，我们从村道转入向南的林荫路，驶了三百公尺左右，忽然听见人声嘈嘈，才发现左边的排树背后是一片停车场，停满了车。我们也开进去停车，这才看出人群正从古堡的方向纷纷走来，准备开车离去。

“一定是‘吕米叶’散场了，”宓宓懊恼地说，“我们来晚了。”

“也不见得，”我说，“还有人跟我们一样，刚刚来呢。管他呢，进去看一下。”

通向堡门的林荫路远比我们所想的要深长，路灯又高又疏，两旁的行道树密叶交蔽，多为法国梧桐，排树之外是浓邃的森林，所以大半的时候我们等于走在暗里，只能依赖路的尽头一点幽昧的灯光指示古堡的方向。树顶偶尔传出夜鸟的呼叫，脚下却听得见流水潺湲，走到路灯下，依稀看得出是一条窄窄的浅溪被乱石所激。此外就一点声音也没有了，整个气氛阴森而可疑。十六世纪的四轮高轩，马蹄得得，鞭声呼呼，就是在这条时光隧道上，载着热情而又冷艳的黛安娜绝尘而去的吗？脚下，夏夜的尘香里，又有过多少靴痕与蹄印呢？

就这样在树影里足足走了十几分钟——这时间要是放在电影里，就太久了——忽然一片闪烁的烈光在树后出现，反托出古堡背光的侧影，然后是戏剧的对话，一会儿暴喝，一会儿哀诉，从扩音机里播出。我们加速向前赶路，终于到了堡门的黑漆栅前，匆匆买票而入。刚好声光顿歇，我们越过门首的石雕斯芬克狮，逆着散场的人潮进入堡中。等到人潮散尽，收票的人才把下一场的观众，四五十人，放进左面的一个大方场。原来是一片大花园，大家顺着四边的长堤绕园而行，到了临水的一边，堡警示意大家就在堤上等待。

堡内没有路灯，只有戴着黑盔尖顶的中世纪圆筒城堡，从窄窗孔里透出一点光来。河上的方宫，四角的尖楼，跨水而横的俨整桥屋，上下两层的排窗，一律都守在暗里，似乎满含着神秘的暗示。我们靠在堤边的粗石围墙上，越过宽阔的墙台俯窥，下面想必是雪耳河了。除了凉凉的水汽之外，更无一点波声，偶发的一两声禽语，只像是夏夜的低呓，分不清究竟是来自对岸，还是河中的小屿。而混合的花香和树气，调配成薄荷酒似的，从下面的花园里飘了上来。

忽然扩音机开口了，堤上的游客，暗窗里所有的亡魂，都在竖耳静待。鼻音圆满、喉音深邃的法国腔开腔了。雪浓莎历代的霸主和娇客、怨妻和寡妇、贤淑和人才，纷纷出场，啊不，是轮番开腔，时而空房独白，时而大堂对话，时而来口交锋，在虚无缥缈的夜空中为我们重演四百多年的兴衰堡史。

配合着故事的发展，人语的呕哑，蹄声的杂沓，辇轮的辘辘，兵器的铿锵，或登楼而急步，或叩门而高呼，或倚窗而长叹，灯光就在那里亮起，领着我们回到十六世纪或十七世纪，在古堡的户内或户外神游。峭坡一般的铁灰色屋顶下，阁楼朝东的一扇窗忽然亮了，紧接着是叩门的剥啄，是一问一答，门开了，又是低抑而紧张的耳语。那是皇太子亨利密赴黛安娜的幽会吗？阁楼的小窗熄了灯，万籁沉寂，一对情人必是投入彼此的怀抱了。此时，岂非是无声更胜于有声？但是不久有波声与笑语穿桥洞而来，灯光也照得桥下通明，可见雪耳河的清流正悠悠西去，正如四百年前载着满舫的河客一样。这才发现，边堡的尖塔右上方，一钩银月正悬在低空，倒是真的呢，不是布景，而且正在落下。这景色，黛安娜生前该是见惯了的吧？正思念间，堡后那一片凯瑟琳花园唰的一下通彻透明，所有的脚灯全亮起来，园游会开始了。宫廷的乐队吹奏得如火如荼，假面的宾客一对接一对走过，笑语喧阗，托盘的仆役奔走其间。爱摆排场的凯瑟琳太后，正大办盛宴欢迎她的儿王弗朗索瓦二世和新后玛丽·史都华（Mary Stuart）——那一年，弗朗索瓦刚登基，不过十五岁，玛丽也才十七岁。

蓦地众弦俱寂，只剩下一片虫声，陪着哀愁的白夫人，半掩在黑窗帘后在怨恨眉月。

真的，那一弯银白的眉月已坠到塔尖上端。虽是夏夜，却也风寒露重，雪耳河的水汽，透过厚毛衣竟也凉袭双肘。宓宓挽着我走回林荫堤道，回望古堡，已经月落影沉，那一簇尖尖的塔楼都已幢幢而黯。

回到小客栈，已经快近午夜了。前门已上锁，便把车子停在后院的花架旁边，准备攀白漆的露天回梯，走后楼的阳台回去卧房。只觉有异样的光彩在头顶蠢动，仰面一看，两人都怔住了，几乎是同时失声轻呼。月落天黑的夜空，布满了烂烂灿灿的一簇簇冷银，神经质一般地在乱颤着清辉，那么近，好像一伸手都会牵落一大把似的，更近的，几乎眉睫都扫得到了。而汇聚得尤密的一些，难以个别区分，索性就喷溅成一片乳白的迷雾，只有天文学家的捕光魔镜才能去虚空里，咳，去真空里一一追认了。猛然记省，那不就是银河了吗？就真的仰面再看，如豆的目光，知其不可而为之地企图尽览那一湾溅天而过的淋漓光芒，湍急的回涡卷进又吐出，汹涌的浪花激起又跳落，咳，多少星座。这才相信，梵高画里夜店外的星空，那许多猖獗的光并非乱想。

“为什么有这么多星光，又这么逼在人头上？”宓宓惊叹再三。

“也许它们是一种磷质的昆虫，喜欢在人家的屋顶上爬吧。”我笑起来，“夜深了，这四野全无灯火，又没有月亮，加以空气纯洁，你今晚的眼睛又特别敏感。”

“好冷啊，”宓宓颤声地说，“七月底怎么像秋天？”

“这是欧洲啊！卢瓦尔河这一带的纬度——”

“相当于华北吧？”宓宓说。

“什么话？比齐齐哈尔的纬度还高。”

回到房里，一时之间两人都没有睡意。奔驰了一整天，倦是倦极了，却有一种累过了头的兴奋，因为刚才古堡那一幕的余光遗响，因为这小客栈的楼窗正对着那有名的古堡，文艺复兴的风流和典雅触手可及，今晚的星光犹是四百年前的幽眇，因为明天早上我们还要去探雪浓莎，看阳光下它的真相。

我还想就着床头的小灯，翻看雪浓莎的导游画册去追究几项堡史的细节，并拟定明天参观的行程。一只细小的金甲虫忽然在画页上蠕蠕爬动，快到弗朗索瓦的鼻子上了。这才发觉窗上无纱，台灯把户外的飞虫纷纷引来，一时此起彼落，枕畔好不热闹。

“快关灯吧！”宓宓说。

于是户内全黑了，轮到密密麻麻的星光，沿着墙上的花藤和水管，蠢动着爬进窗来。

5

第二天清晨我们在清脆的鸟声里醒来。九点，再驾车去看古堡。

月光下的美人未必都能够接受阳光的考验，但是此刻，一夜醒来，在和风丽日之下，雪浓莎在我所见过的宫堡之中，仍然是最明艳、最出色的一座。我没有说它最富丽堂皇，因为规模与气象比它宏大的宫堡有的是，然而要讲妩媚动人，却非它莫属。大凡景观要有灵性与动感，总不能缺水，那水，自然要活的，才见出生命。护城河、人工湖、喷水池，总不如一条河水纯净天然。雪浓莎之胜全在一条雪耳河，那一弯娴静而纤柔的水蓝缓缓流过，恰到好处的弧度使河景添些曲折，让两岸葱茏的森林有机会掩映清波。

如果雪耳河仅仅流过这座宫堡，雪浓莎的景观也不见得就怎么神奇。最别致的是，不但尖塔簇拥的四方宫堡就建在河上，有吊桥与高堤和北岸的旧堡新园相通，而且还架了一座五墩的长桥接上南岸，桥上更建了双层的楼廊，排窗之上更覆着峻斜的灰黑屋顶。四百年的悲欢岁月，瓦卢瓦与波旁王朝的兴衰，美人的红颜，寡后的忏悔，智者的沉思，一切一切，甚至内乱与革命，都逐波而去了，留下的是这一排桥楼与塔影。雪耳河永远向西，追赶着卢瓦尔河的大西洋之旅。这一面长而弯的蓝镜子，这不负责任的魔幻水鉴，不会为任何人保管刹那的倒影。

如果从空中看下去，雪浓莎北岸的地面就像三个大棋盘。最整齐美观的是右边的正方棋盘，被一个正十字与一个斜十字分割成八个三角形，绿底是草，土红的直线是路，苍翠的虚线是一排排的杜松，修剪成圆浑的卵形。这是最早开辟的黛安娜花园。左边的方形比较不规则，中间像是个大红靶心，外面围着两圈红线，走近时，才发现都是开得妩媚而又恣肆的大朵玫瑰和匍匐了一地锦绣的天竺葵。这便是凯瑟琳花园了。对我说来，法国十七世纪的这种园景布置，尽管妍巧可观，却工整过甚，有心再造自然，却束缚了活泼的生机，反而不如中国庭院的错落变化、日本庭院的禅意清远。雪浓莎的园艺，正如凡尔赛宫的对称与工整，只令人想起新古典主义的诗律与画规。

我们走进四方的宫堡，逐室巡礼一番。黛安娜的寝室并不如想象中那么富丽。一边墙壁，从天花板直到地板，悬着金碧辉煌的整幅大挂毡，气象不凡，据说是十六世纪佛兰德的织品。壁炉边上，白底漆金的皇冠下覆着一个大写的A，不知道是否指她的封号“阿奈女堡主”（Chatelaine de Anet）。除此之外，她的私闺远不如凯瑟琳的豪华，也许她本来就不是皇后，后来更被逐出宫去，所以较少遗物吧。最堂皇的一间该是路易十四的会客厅了，法国全盛时代的雄主霸君，当然要气派一些。路易十四时代的家具与装潢素来名贵，雪浓莎不是凡尔赛，但是行宫的会客厅自然也含糊不得：四壁红绒衬得金色的画框和锦绣的靠背椅华贵饫目；雕金镂玉的长几上，反托着绒壁用黄钵供着几株鸢尾（iris），狭长的翠叶挺拔如剑，神气非常。这一钵亭亭傲立的鸢尾，同样供在望东公爵的卧室，因为鸢尾花是法国君王的象征，三瓣鸢尾的图案常见于宫廷的装饰，尤其是盾徽与旗号，即所谓“fleur-de-lys”。在弗朗索瓦一世的卧室里，壁炉上的饰板也都是绿底金花的鸢尾图案。法国人色感的高雅，堪称欧洲第一。路易十四的会客厅里，壁炉上的饰板以娇柔的乳白为底，描以金漆，除了鸢尾之外，更有戴冕吐焰的火蜥蜴，那又是弗朗索瓦一世的瑞兽。

雪浓莎宫中的藏画也不少，路易十四的那间就有他自己的画像，旁边的一幅是鲁本斯所绘的《耶稣与圣约翰》。

弗朗索瓦一世那间还挂着一幅巨制，是梵露所绘的《青春三女神》。在西欧，维护妥善的宫堡与教堂之类，往往就是展览绘画、雕塑、器用、习俗，甚至整部感性历史的博物馆。

甚至楼底的警卫室也颇有可观，仅看绕室的巨幅挂毡，就令人对佛兰德的织锦不忍移目。楼桥上层的长廊达六十公尺，下面铺着蓝白相错的方形瓷砖，使人幻觉是踩在名贵的瓷盘之上。长廊的两面各有九扇长窗，向东、向西，同时迎来柔婉的水光，可以想见，除了正午之外，阳光必定也很充沛，真称得上是金阳与碧水两全其美的光之屋了。有窗的地方，宽厚的大理石壁就向外凸，形成一座椭圆的壁龛，于是平直的长廊也有了变化。这长廊是凯瑟琳的主意，当初用来做餐厅和客堂，一次大战期间曾改为医院，治过两千病人。我们这次来参观，它却正在展画，已经变成艺廊了。

兴衰无常，悲欢交替的雪浓莎，在王侯与布衣之间，不知道换过多少主人了。就我，一个东方的诗人而言，它最可爱的女主人该是杜班夫人，而最可贵的宾客该是卢梭与伏尔泰。我的选择是杜班夫人，不仅因为美慧的女主人把昏君与权后的行乐宫提升为雅聚的文苑，香扇下面熏出了半个启蒙时期，更因为在大革命之际，全靠了她，靠了她的仁爱，雪浓莎才幸而逃过了一劫。否则今天站在这雪耳河边，宓宓和我，恐怕只能凭吊逝水与断垣了。然而，除了路易十四的会客厅里有一幅杜班夫人的画像外，堡中却罕见这位女主人与贵客的遗物，令人惘然。

幸好堡中还有一座蜡像馆，意犹未尽的多情游客，临去之前还可以去低回一番。蜡像馆不算大，但是人物的制作与背景的配合都精致而生动，色调也亮丽高雅。雪浓莎四百年的人物，就这么以最戏剧性的姿态，一一出现在我们眼前。水的明媚，花的焕发，桥的飞凌，造成了雪浓莎的形象，那形象，自然跟它的历任女堡主缘结不解。最早的一位自然是黛安娜。她侧立在前景，牵着一只沙土黄的长足灵猩，正在吩咐一名老猎人。背景是一座橡树林，堡边有一名马童牵着白驹，马背上披着金黄的障泥，正待女堡主乘骑。黛安娜以这种形象出现，因为狩猎是她的所好。她的名字黛安娜本来就是罗马的女猎神，同时黛安娜又是月神，与她喜欢素衣也有联想。她的蜡像所着，正是白衫红裙，长发拂肩，颜色深褐带红，肌肤白皙而面容略瘦，望之三十许人，其实她入堡的初年已经近五十岁了。

最后的一位著名女堡主杜班夫人，有两尊蜡像。一尊是坐姿，穿着银底浅蓝条纹的露肩衣裙，棕发绾着回鬟高髻，佩戴着玫瑰，正对着手握调色板的老画师纳蒂叶（Jean Marc Nattier）。从蜡像看来，她高贵而端庄，有一种成熟的神韵，算得上是位美女，甚至更胜黛安娜。若非如此，当时的文豪大师也不会齐集在雪浓莎了。另一尊是立姿，而以古堡为背景。杜班夫人站在凯瑟琳花园里，正聆听卢梭的滔滔宏论，站在一旁的伏尔泰似乎并不同意，正摊开右掌，有所申辩。卢梭穿着亮绸的蓝衣，一头乌发；伏尔泰则穿着金闪闪的绿袍，头发都已白了。卢梭在《忏悔录》里说他来雪浓莎是在一七四七年。准此，则他的蜡像是三十五岁，伏尔泰是五十三岁，而女主人应该四十一岁了。说得象征一些，年轻的卢梭在鼓吹天性，说雪耳河的自然最堪取法。年长的伏尔泰则坚持理性，说巴黎的罪恶幸而有文化来救赎。中年的杜班夫人则左顾而右盼，在两位大家之间不但要做主人，还得做调人。

美人不老，只是成熟。黛安娜的魅力之所以显得超乎寻常，在于她比法王、法后都年长十九岁——因为亨利和凯瑟琳同年——然而年轻的法后却输给了她。杜班夫人也是一样，初做女堡主只有二十七岁，殒于雪浓莎却已九十三岁了，而其时，伏尔泰与卢梭也都已谢世二十一年。亨利·詹姆斯在他的游记里，对统治雪浓莎长达三十年的凯瑟琳颇多贬词，说她“虚伪而血腥”，说她善于享受美好的人生，却麻木不仁，不懂别人也有这权利。但在另一方面，他又不得不佩服这枭雌在桥上建楼的绝妙主意。他说：“配上长桥和叠廊的雪浓莎堡，无论从哪一边侧斜看来都很奇幻，说得上是任性与异想的惊人样品。不幸一切妙想天开都未必有优美的结果，但是对于凯瑟琳，我在不甘之余却不得不承认她例外的成功。”

詹姆斯最心仪的女堡主当然是杜班夫人。他认为，一个人能生在十八世纪中叶，是一大幸运，因为那时的女性最解交接应对之道，若论炉边闲谈，并享女性温柔的陪伴，则法国大革命之前的六十年间，可谓黄金岁月。杜班的家谱里想必奔流着艺术的热血，杜班夫人的曾孙女奥洛瑞（Aurore Dupin）便是一位才高胆大的女作家，曾与肖邦、缪塞相爱，笔名也俨若须眉，叫作乔治桑。一八五〇年前后，这位独立特行的曾孙女曾来雪浓莎探亲，显然，一百多年间，这座美得不可思议的古堡一直属于杜班家族。

我们走出了蜡像馆，回到了一九八五年的仲夏，外面的绿色世界已经是晌午了。我们踏着土红的细砂地走出堡门，回过头去，向那惊艳的宫堡再投依恋的一瞥。塔尖纤纤，桥影如幻，眼前的实景已经惘然难信了，未来的追忆当更渺茫。我们沿着梧桐交荫的堤道走去停车场。半小时后，我们的塔尔波逆着雪耳的流水向东奔驰，把四百年的历史交给了那一川清浅。余程还有两座古堡要探，还要看肖蒙与香波堡。宓宓倚在右座，手里还握着法国的行车地图，上面的十几座古堡都画了红圈。虽然她和我都没有说话，但我们心里都忙于安顿好几位女堡主的面容，而且知道卢瓦尔河之行的高潮已经过了。

雪浓莎，三音节的魔咒，历史的背影真能够叫回头吗?

德国之声

1

德国的音乐曾经是西方之最。从巴赫到贝多芬，从瓦格纳到施特劳斯，那样宏大的音乐，哪一个国家发得出来？人杰，是因为地灵吗？这个国家的最高峰楚格峰（Zugspitze）还不到三千公尺。莱茵河静静地流，并不怎么雄伟，反而有几分秀气。黑森林的名气大得吓人，连我常吃的一种蛋糕也借重其大名，真令人骇怪，那一带不知该怎的暗无天日，出没龙妖。到了跟前，那满山的杜松黛绿盈眸，针叶之密，果然是如鬘如鬟，平行拔竖的树干，又密又齐，像是一排排的梳齿。但是要比壮硕修伟，怎么高攀得上加州巨杉的大巫身材呢?

莱茵河虽然不怎么浩荡，但是“齐格非莱茵之旅”却写得那样壮烈，每天听到，我都会身不由己地热血翻滚而英雄气盛。只可惜史诗已成绝响了。我在西德租车旅行，曾向寻常的人家投宿。这种路旁人家总有空房两三个，丈夫多已退休，太太反正闲着，便接待过路车客，提供当晚一宿、次晨一餐，收费之廉，只有一般大旅馆的三分之一或四分之一。在西德的乡道上开车，看见路旁竖一小牌，写着 Zimmer frei[①] 的，便是这种人家了。在巴登巴登（Baden-Baden）南郊，我们住在格洛斯家。第二天早餐的时候，格洛斯太太的厨房里正放着收音机，德文唱的流行曲似曾相识，侧耳再听，竟然学美国流行曲的曼妙吟叹，又有点像披头的咕咕调。巴赫的后人每天就听这样的曲调吗?尼采听了会怎么说呢?

① Zimmer frei：有空房间。

2

我在西德驾车漫游，从北端的波罗的海一直到南端的波定湖（Bodensee），两千四百公里都驰在寂天寞地里。西德的四线高速公路所谓Autobahn者，对于爱开快车如杨世彭那样的人，真不妨叫作乌托邦。这种路上没有速限，不言而喻，是表示德国的车好、路好，而更重要的是：交通秩序好。超车，一定用左线。要是你挡住左线，后面的快车就会迅疾钉人，一声不出，把你逼出局去。反光镜中后车由小变大，甚至无中生有，只在一眨眼之间。我开190E的宾士，时速常在一百三十公里，超我的车往往在左侧一啸而过，速度至少一百五十。正愕视间，它早已落荒而逃，被迫退右，一辆更急的快车飞掠而逝。尽管如此，我在这样的乌托邦上开了八天，却未见一次车祸，甚至也未见有人违规。至于喇叭，一天也难得听到两声。

3

西德的出租车像英国的一样，开得很规矩，而且不放音乐。火车、电车、游览车上也绝无音乐。法国也是如此。西班牙的火车上，就爱乱播流行曲，与台湾地区同工。西德的公共场所，包括车站、机场、餐厅，甚至街头，例皆十分清静。烟客罕见，喧哗的人几乎没有，至于吵架就更未遇到。除了机场和车站，我也从未听人用过扩音器。这种生活品质，不是国民所得和外汇存底所能标示的。一个安安静静的社会，听觉透明的邻里街坊，是文化修炼的结果。所谓默化，先得静修才行。音乐大师辈出之地，正是最安宁的国家。

血色饱满、体格健壮的日耳曼民族，当然也爱热闹，不过他们会选择场合，不会平白扰人。要看德国生活热闹豪放的一面，该去他们的啤酒屋。有名的 Hofbrauhaus[①] 大堂里坐满了一桌接一桌的酒客，男女老少都有，那么不拘形迹地畅饮着史帕登、皮尔森、卢恩布劳。一面畅饮，一

① Hofbrauhaus：慕尼黑皇家啤酒屋。

面阔谈，更兴奋的就推杯而起，一对对摆头扬臂，跳起巴伐利亚的土风舞来。那样亲切开怀的大场面，让人把日间的忧烦都在深长的啤酒杯里涤尽，真是下班生活的安全办了。不说别的，单看那些特大号的“咕噜嗝”（Krug）酒杯，就已令人馋肠蠕蠢。最值得称道的，是那样欢娱的谑浪仍保有乡土的亲善，并不闹事，而酒客虽然众多，堂屋却够深广，里面的喧哗不致外溢。这情形正如西欧各国的宗教活动，大半在教堂里举行，不像在台湾地区的节庆，动辄吹吹打打，一路招摇过市，惊扰街邻。

我在西德投宿，却有一夜惊于噪声。那是在海德堡北郊的小镇达森海姆（Dossenheim），我们住在三楼，不懂对街的人家何以入夜后叫嚷未定，不时还有噼啪之声传来。我说这一带看来是中下层的住宅区，品质不高。我存则猜想那噼啪阵阵是在练靶。一夜狐疑，次晨到了早餐桌上，才知悉昨晚是西德跟阿根廷在争夺足球世界杯的冠军，想必全德国的人都守在电视机前观战，西德每进一球，便放炮仗庆祝。那样的嚣闹倒也难怪了。

4

德国战败那一晚，我们虽然睡得迟些，第二天却一早就被吵醒了。说吵醒，其实不对。我们是被教堂的钟声从梦里悠悠摇醒的。醒于音乐当然不同醒于噪声，何况那音乐来自钟声，一波波摇漾着舒缓与恬静，给人中世纪的幻觉。一天就那样开始，总是令人欣喜的。德国许多小城的钟楼，每过一刻钟就当当嗒嗒声震四邻地播告光阴之易逝。时间的节奏要动用那样隆重的标点，总不免令人惊心，且有点伤感。就算是中世纪之长吧，也经不起它一遍遍地敲打。

那样的钟声，在德国到处可闻。印象最深的，除了达森海姆之外，还有巴登巴登的边镇史坦巴赫（Steinbach，“石溪”之意）。北欧的仲夏，黄昏特别悠长，要等九点半以后落日才隐去，西天留下半壁霞光，把一片赤艳艳烧成断断续续的沉紫与滞苍。那是断肠人在天涯的时刻，和我存在车少人稀的长街上闲闲散步，合夫妻两心之密切，竟也难抵暮色四起的凄凉。好像一切都陷落了，只留下一些红瓦渐暗的屋顶在向着晚空。最后只留下教堂的钟楼，灰红的钟面上闪着金色的罗马数字，余霞之中分外幻异。忽然钟响了起来，吓了两人一跳。万籁皆寂，只听那老钟楼喉音沉洪地、郑重而笃实地敲出节奏分明的十记。之后，全镇都告陷落。这一切，当时有一颗青星，冷眼旁证。

最壮丽的一次是在科隆。那天开车进城，远远就眺见那威赫的双塔，一对巨灵似的镇守着科隆的天空，塔尖锋芒毕露，塔脊棱角峥嵘。那气凌西欧的大教堂，我存听我夸过不晓多少次了，终于带她一同来瞻仰，在露天茶座上正面仰望了一番，颈也酸了，气也促了，便绕到南侧面，隔着一片空荡荡的广场，以较为舒徐的斜度从容观览它的横体。要把那一派钩心斗角的峻桥陡楼看出个系统来，不是三眼两眼的事。正是星期六将尽的下午，黄昏欲来不来，天光欲歪不歪，家家的晚餐都该上桌了。忽然之间——总是突如其来地——巨灵在半空开腔了，又吓了我们一跳。先是一钟独鸣，从容不迫而悠然自得。毕竟是欧洲赫赫有名的大教堂，晚钟锵锵在上界宣布些什么，全城高高低低、远远近近的塔楼和窗子都仰面聆听，所有的云都转过了脸来。不久有其他的钟闻声响应，一问一答，一唱一和，直到钟楼上所有的洪钟都加入晚祷，众响成潮，卷起一波波的声浪，金属高亢而阳刚的和鸣相荡相激，汇成势不可当的滔滔狂澜，一下子就使全城没了顶。我们的耳神经在钟阵里惊悸而又喜悦地震慑着，如一束回旋的水草。钟声是金属坚贞的祷告、铜喉铜舌的信仰，一记记，全向高处叩奏。高潮处竟似有长颈的铜号成排吹起，有军容鼎盛之势。

“号声？”我存仔细再听，然后笑道，“没有啊，是你的幻觉。你累了。”

“开了一天车，本来是累了。这钟声太壮观了，令我又兴奋又安慰，像有所启示——”

“你说什么？”她在洪流的海啸里用手掌托着耳朵，恍惚地问。

两人相对傻笑。广大而立体的空间激动着骚音，我们的心却一片澄静。二十分钟后，钟潮才渐渐退去，把科隆古城还给现代的七月之夜。我们从中世纪的沉酣中醒来。鸽群像音符一般，纷纷落回地面。莱茵河仍然向北流着，人在他乡，已经是吃晚饭的时候了。

5

德国的钟声是音乐摇篮，处处摇我们入梦。现代的空间越来越窄，能在时间上往返古今，多一点弹性，还是好的。钟声是一程回顾之旅，但德国还有一种声音令人回头。从巴登巴登去佛洛伊登希塔特（Freudenstadt，“欢乐城”之意），我们穿越了整座黑森林，一路寻找有名的梦寐湖（Mummelsee）。过了霍尼斯格林德峰，才发现已过了头。原来梦寐湖是黑森林私有的一面小镜子，以杉树丛为墨绿的宝盒，人不知鬼不觉地藏在浓荫的深处，现代骑士们策其宾士与宝马一掠而过，怎会注意到呢？

我们在如幻如惑的湖光里迷了一阵，才带了一片冰心重上南征之路。临去前，在湖边的小店里买了两件会发声的东西。一件是三尺多长的一根浅绿色塑料管子，上面印着一圈圈的凹纹，舞动如轮的时候会咿嘤作声，清雅可听。我还以为是谁这么好兴致，竟然在湖边吹笛。于是以四马克买了一根，一路上停车在林间，拿出来挥弄一番，淡淡的音韵，几乎召来牧神和树精，两人相顾而笑，浑不知身在何处。

另一件却是一匣录音带。我问店员有没有 Volksmusik[①]，她就拿这一匣给我。名叫 *Deutschland Schöne Heimat*，正是《德意志，美丽的家园》。我们一路南行，就在车上听了起来。第二面的歌最有特色，咏叹的尽是南方的风土。手风琴悠扬的韵律里，深邃而沉洪的男低音徐徐唱出“从阿尔卑斯山地到北海边”，那声音，富足之中潜藏着磁性，令人庆幸这十块马克花得值得。《黑森林谷地的磨坊》《古老的海德堡》《波定湖上的好日子》……一首又一首，满足了我们的期待。我们的车头一路向南，正指着水光潋滟的波定湖，听着 *Lustige Tage am Bodensee*[②] 飞扬的调子，更增壮游的逸兴，加速中，黑森林的黛绿变成了波涛汹涌而来。是因为产生贝多芬与瓦格纳的国度吗？为什么连江湖上的民谣也扬起激越的号声与鼓声呢？最后一首鼓号交鸣的《横越德国》更动人豪情，而林木开处，佛洛伊登希塔特的红顶白墙渐已琳琅可望了。

---

① Volksmusik：民间音乐。

② 一首德国民谣。

6

德国还有一种声音令人忘忧——鸟声。粉墙红瓦，有人家的地方一定有花，姹紫嫣红，不是在盆里，便是在架上。花外便是树了。野栗树、菩提树、枫树、橡树、杉树、苹果树、梨树……很少看见屋宇鲜整的人家有这么多树，用这么浓密的嘉荫来祝福。有树就有鸟。树是无言的祝福，鸟，百啭千啾，便是有声的颂词了。绝对的寂静未免单调，若添三两声鸣禽，便脉脉有情起来。

听鸟，有两种情境。一种是浑然之境，听觉一片通明流畅，若有若无地意识到没有什么东西在逆耳忤心，却未刻意去追寻是什么在歌颂寂静。另一种是专注之境，在悦耳的快意之中，仰向头顶的翠影去寻找长尾细爪的飞踪。若是找到了那“声源”，瞥见它转头鼓舌的姿态，就更教人高兴。或是在绿荫里侧耳静待，等近处的啁啁弄舌告一段落，远处的枝头便有一只同族用相似的节奏来回答。我们当然不知道是谁在问、谁在答，甚至有没有问答，可是那样一来一往再参也不透的“高谈”，却真能令人忘机。

在汉堡的湖边，在莱茵河与内卡（Neckar）河畔，在巴登巴登的天堂泉（Paradies）旁，在迈瑙岛（Mainau）的锦绣花园里，在那许多静境里，我们成了百禽的知音，不知其名的知音。至于一入黑森林，那更是大饱耳福，应接不暇了。

7

鸟声令人忘忧，德国却有一种声音令人难以释怀。在汉堡举行的国际笔会上，东德与西德之间，近年虽然渐趋缓和，仍然摩擦有声。这次去汉堡出席笔会的东德作家多达十三人，颇出我的意料。其中有一位叫汉姆林（Stephan Hermlin，1915—1997）的诗人，颇有名气，最近更当选为国际笔会的副会长。他在叙述东德文坛时，告诉各国作家说，东德前十名的作家没有一位阿谀当局，也没有一位不满现政。此语一出，听众愕然，地主国西德的作家尤其不甘接受。许多人表示异议，而说得最坦率的，是小说家格拉斯（Günter Grass）。汉姆林并不服气，在第二天上午的文学会里再度登台答辩。

德文本来就不是一种柔驯的语言，而用来争论的时候，就更显得锋芒逼人了。德国人自己也觉得德文太刚，歌德就说："谁用德文来说客气话，一定是在说谎。"外国人听德文，当然更辛苦了。法国文豪伏尔泰去腓特烈大帝宫中做客，曾想学说德语，却几乎被呛住了。他说但愿德国人多一点头脑，少一点子音。

跟法文相比，德文的子音当然是太多了。例如"黑"吧，英文叫 black，头尾都是爆发的所谓塞音，听来有点刚强；西班牙文叫 negra，用大开口的母音收尾，就和缓许多；法文叫 noir，更加圆转开放；到了德文，竟然成为 schwarz，读如"希勿阿尔茨"，前面有四个子音，后面有两个子音，而且都是摩擦生风，就显得有点威风了。在德文里，S 开头的单词都以 Z 起音，齿舌之间的摩擦音由无声落实为有声，刺耳多了。另外，Z 开头的单词在英文里绝少，在德文里却是大宗，约为英文的五十倍；非但如此，其读音更变成英文的 ts，于是充耳平添了一片刺刺擦擦之声。例如英文的成语 from time to time，到了德文里却成了 von Zeit zu Zeit，不但切磋有声，而且峨然大写，真是派头十足。

德文不但子音参差，令人读来咬牙切齿，而且好长喜大，虚张声势，真把人唬得一愣一愣。例如“黑森林”吧，英文不过是 Black Forest，德文就接青叠翠地连成一气，成了 Schwarzwald，教人无法小觑了。从这个单词延伸开来，巴登巴登到佛洛伊登希塔特之间的山道，可以畅览黑森林风景的，英文不过叫 Black Forest Way，德国人自己却叫作 Schwarzwaldhohestrasse。我们住在巴登巴登的那三天，每次开车找路，左兜右转、目眩计穷之际，这可怕的“千字文”常会闪现在一瞥即逝的路牌上，更令人惶惶不知所措。原来巴登巴登在这条“黑森林道”的北端，多少车辆寻幽探胜，南下驰驱，都要靠这长名来指引。这当然是我后来才弄清楚了的，当时瞥见，不过直觉它一定来头不小而已。在德国的街上开车找路，哪里容得你细看路牌？那么密而长的地名，目光还没扫描完毕，早已过了，“视觉暂留”之中，谁能确定中间有没有 sch，而结尾那一截究竟是 bach，berg 还是 burg 呢？

尼采在《善恶之外》里就这么说：“一切沉闷、黏滞、笨拙得似乎隆重的东西，一切冗长而可厌的架势，千变万化而层出不穷，都是德国人搞出来的。”尼采自己是德国人，尚且如此不耐烦。马克·吐温说得更绝：“每当德国的文人跳水似的一头钻进句子里去，你就别想见到他了，一直要等他从大西洋的那一边再冒出来，嘴里衔着他的动词。”尽管如此，德文还是令我兴奋的，因为它听来是那么阳刚，看来是那么浩浩荡荡，而所有的名词又都那么高冠崔巍。啊，真有派头！

8

在德国，我还去过两个地方，两个以声音闻名于世的地方，却没有听到声音，或者可以说，无声胜于有声，更令人为之低回。

其一是在巴登巴登的南郊里赫登塔尔（Lichtental），临街的一个小山坡上，石阶的尽头把我们带到一座三层白漆楼房的门前。墙上的纪念铜牌在时光的侵略下，仍然看得出刻着两行字：“一八六五年至一八七四年约翰内斯·勃拉姆斯曾居此屋。”这正是巴城有名的 Brahmshaus。

勃拉姆斯屋要下午三点才开放，我们进得门去，只见三五游客。楼梯和二楼的地板都吱吱有声，当年，在大师的脚下，也是这样的不谐和碎音陪衬他宏大而回旋的交响乐吗？后期浪漫主义最敏感的心灵，果真在这空寂的楼上，看着窗外的菩提树叶九度绿了又黄，一直到四十一岁吗？白纱轻掩着半窗仲夏，深深浅浅的树荫，曾经是音乐的楼屋里，只传来细碎的鸟声。

我们沿着莱茵河的东岸一路南下，只为了追寻传说里那蛊人的歌声。过了马克司古堡，那一袅女妖之歌就暗暗地袭来，平静的莱茵河水，青绿世界里蜿蜿北去的一弯褐流，似乎也藏着一涡危机了。幸好我们是驾车而来，不是行船，否则，既要抵抗水上的歌声袅袅，又要提防发上的金梳耀耀，怎么躲得过漩涡里布下的乱石呢？

莱茵河滚滚向北，向现代流来。我们的车轮滚滚向南，深入传说，沿着海涅迷幻的音韵。过了圣瓜豪森，山路盘盘，把我们接上坡去。到了山顶，又有一座小小的看台，把我们推到悬崖的额际。莱茵河流到脚下，转了一个大弯，俯眺中，回沫翻涡，果然是舟楫的畏途，几只平底货船过处，也都小心回避。正惊疑间，一艘白舷平顶的游舫顺流而下，虽在千尺脚底，满船河客的悠扬歌声仍隐约可闻，唱的正是洛丽莱（Lorelei）：

她的金发梳闪闪发光，
她一面还曼唱着歌曲，
令听见的人心神恍恍，
甜甜的调子无法抗拒。

徘徊了一阵，意犹未尽。再下山去，沿着一道半里长的河堤走到尽头，就看到花岗石砌成的一台像座上那河妖的背影。铜雕的洛丽莱漆成黑色，从后面，只见到水藻与长发披肩而下，一直缠绕到腰间。转到正面，才在半疑半惧的忐忑之中仰瞻到一对赤露的饱乳，圆软的小腹下，一腿夷然而贴地，一腿则昂然弓起，膝头上倚着右手，那姿势，野性之中带着妖媚。她半垂着头，在午日下不容易细读表情。我举起相机，在调整距离和角度。忽然，她的眼睛半开，向我无声地转来，似嗔似笑，流露出一棱暗蓝的寒光。烈日下，我心神恍恍，不由自主地一阵摇颤。她的歌唱些什么呢？你问。我不能告诉你，因为这是德意志的禁忌，莱茵河千古之谜，危险且哀丽。

山国雪乡

1

去年夏天在西德的高速路上，看到许多车辆的尾部挂着 CH 的车牌，也猜不出究竟是代表什么国家。不会是捷克，更不可能是中国。那，到底是哪一国呢？今年五月去瑞士，看到满街的车子都标着这两个字母，才悟出是代表这中欧的小国。但为什么是“CH”呢？却想不通。直到有一天，我在瑞士的一毛钱币上看到这山国的拉丁文国号 Confoederatio Helvetica。原来瑞士古称海尔维西亚（Helvetia）乃罗马帝国的一省。瑞士钱币的两法郎、一法郎、半法郎上，只有这古称而无今名，和它的邮票一样。

如果你仔细看，就发现那钱币上有二十二颗星，因为瑞士联邦今日虽有二十六个州，一度却由二十二个州组成。要了解异国的特色，有很多方式，有人喜欢集邮，我却喜欢收集钱币和钞票。在苏格兰，一镑的钞票上是小说家司各特的画像，五镑的上面是诗人彭斯。在法国，十法郎上印着作曲家柏辽兹，浓发飞舞，正扬着一根指挥杖；二十法郎上是作曲家德彪西，背景是海波起伏，隐然可闻交响诗 *La Mer*① 的旋律。西班牙的百元钞面是音乐家法耶的清瘦面容。瑞士的钞票上却是另一种人：十法郎上印的是十八世纪的数学家欧拉（Leonhard Euler），二十法郎上是十八世纪的物理学家兼地质学家梭修（Horace-Benédict de Saussure），至于百元法郎上，却是一位外国人，意大利的建筑家波洛米尼（Francesco Borromini）。由此可见瑞士人比较崇拜科学家，否则瑞士籍的大画家克利（Paul Klee）不至于上不了钞票。

从钞票上还可见瑞士的另一特色，那便是语文的多元

① La Mer：《大海》。

性。德文、法文、意大利文在瑞士都是法定的语文，使用的人口比例依次是百分之六十五、百分之十八与百分之十二。使用德文的人虽多，但对少数语文颇为尊重。联邦政府的公告例皆三种文字并列，而联邦的公务员也必须擅操其二。至于地方政府，则可视实际情况，在三语之中指定一种为正式语文，专作行文通告之用。例如，我去参加笔会的所在地露加诺（Lugano），属提契诺州（Ticino），居民说的是隆巴地腔的意大利语，因此意文就是该州的法定文字。我在露加诺一个礼拜，耳濡目染，也趁机学了几打单词，可是在当地的电视上听约翰·韦恩满口的意大利语，却感到十分滑稽。

瑞士的钞票上，正面印着法文与意文，例如二十法郎的钞票，正面就标明 Vingt Francs，Venti Franchi；反面却标明 Zwanzig Franken，Vantg Francs，前者当然是德文，后者呢，却是瑞士的第四种语文，只有六万人使用，叫作罗曼史（Romansch），乃是承袭拉丁文而来的山地方言。在同一张钞票上，“瑞士国家银行”的国名“瑞士”，也是四种文字并列，依次是 Suisse（法文）、Svizzera（意文）、Schweiz（德文）、Svizra（罗曼史）。中文的瑞士显然来自法文。

瑞士的地图也是如此。在同一张图上，西部的湖，在法语地区，就叫作 lac，例如日内瓦湖就叫 Lac Léman。北部和中部的湖就用德文的 see，例如君士坦斯湖，英文叫 Lake Constance，瑞士地图上却叫 Bodensee。南部的湖则用意大利文，例如露加诺湖叫 Lago di Lugano。这种纷然杂陈的语文状态，对于一般游客当然颇不方便，但对于喜欢文字的人，却十分有趣。

尽管瑞士有四种语文，在公共场所英语却颇流行，所以能讲英语的游客在瑞士，远比在法国和西班牙方便多了。

2

一入瑞士，就觉得这个国家安详而有条理，一切都按部就班，像一只准确的表。自从神圣罗马帝国以来，瑞士的历史就没有发生过什么惊天动地的大事。有人戏言，威廉·退尔射中自己儿子头上的苹果，是唯一可观的壮举，而威廉·退尔并非正史的人物。四百年来，这山国未遭重大战乱。一八四七年，激进派与天主教各州之间的内战，历时甚短，只死了一百二十五人。从一八一五年的《巴黎条约》到现在，瑞士已经维持了一百七十二年的中立。

一个国家要确保中立，得有中立的本钱：武力。瑞士的和平靠它的军备来支持。每一位男子在十八岁到二十岁之间，要服三个月的兵役，役满即为后备军人；一直到五十岁，每年还要接受两个星期的军训。我在苏黎世机场候机，就看到附有英文的告示，说本地正在军事演习之中。据说山区也常见行军。后备军人的制服和枪弹都藏在家里，一旦国家有警，便可立刻应召。一九四〇年纳粹气焰高涨，吉桑将军（General Guisan）在联邦发祥地鲁特立（Rutli）召集全国的军官，向希特勒展示兵力。除此之外，瑞士从未全国动员。世界各国谁敢像瑞士这样藏械于民呢？令人佩服的是，瑞士家家有枪，却没有人拿来私用。

从社会生活到政治制度，看得出瑞士人在各方面都是富于理性的民族，一方面在民主自由的制度下容忍异己，尊重他人；另一方面在守法的精神下表现自尊。在政治上，联邦政府只掌管外交及关税一类的大事，其他事务多由地方政府自主，所以瑞士各州的自主权大于美国各州。一个人必须先取得瑞士某州的公民资格，才能成为瑞士公民。

在宗教上，奉新教者占百分之五十三，奉天主教者占百分之四十五，但各州可以择定其一为正教，也可以一视同仁。德文、法文、意文虽然并为法定语文，各州却可以认定一种来使用。据说车上的司机或守卫在跨越州界的时候，话才讲到一半，竟然会改口说另一种语言。

在可以选择的时候，瑞士人崇尚自由；在不容选择的时候，他们却十分守法。例如，抗生素之类列入管制的药品，药房里明明有货，就绝对不肯出售。我存在露加诺生病，向一家药房买这种药，店员告以必须有医师的处方才敢出售。终于在药房的推荐下，我存还是去看了一位会说英语的医生。

搭乘公共汽车，要向站牌旁边的售票机投钱买票，可是上下车都不验票。若是突击抽查时发现无票，就要罚六十倍，而且是当场付现。我们在露加诺乘了一星期的公车，从来没见抽查，但是人人都买票上车。瑞士人不收小费，他们认为一分钱一分货，必须公平交易。有一次我在火车站的行李间赏两法郎给站员做小费，他立刻有礼而又坚决地退还给我，令我印象深刻。

守时，是瑞士人的另一美德，所有交通工具都是明证。

公交车司机总是手扶方向盘，脚点油门，眼睛注视着电子钟，按秒行车。时间一到他立刻开车，宁可在驶了一二十公尺后再停下来，等待迟到的乘客。瑞士人守法，在观念上与其说是为了尽公民之职，不如说是为了追求凡事做得正确，而使人人得益。精确与可靠，正是瑞士人精神之所在。小而至于钟表，大而至于九点三英里长的隧道，都被瑞士人一板一眼做得天衣无缝。欧洲的铁轨纵横，交会于瑞士，苏黎世的火车站在最忙的季节，一天要指挥近千的班次进出。

瑞士与奥地利同为高踞欧洲屋顶的两个小山国，也同为与世无争的中立国。奥地利在七十年前由帝国改成共和，三十年前更由被人占领的战败国改成中立国，其历史早由绚烂归于平淡，而立国之道也逐渐趋向瑞士，发展精密与可靠的工业。然而在心底，奥地利人仍旧神往于亲切闲适之境（德文所谓“Gemütlichkeit”）。毕竟维也纳曾是建筑与音乐之都，除巴赫以外，西方古典音乐大师不是生在奥地利，就是在奥地利成长；更不论无调音乐的重镇，全由奥地利一手包办了。至于现代文学，光辉的名字也有里尔克、慕西尔（Rcbert Musil）、卡夫卡、卡内提。对比之下，瑞士只举得出一位作曲家：霍内格（Arthur Honegger），但在文学上却举不出一位对等的大家。常有人说，瑞士人在驯服山岳之余，把自己也驯服了，乃以精确的效率为务，不学奥地利人的奔放飞扬。可是天哪，能驯服磅礴凛冽的阿尔卑斯，不也是英雄吗？

3

瑞士贫于天然资源而富于风景，不但多山，而且多湖。和意大利接壤处有三个大湖，其中最小的一个，有一角伸入意大利境的，是露加诺湖，面积为十九平方英里，状若歪斜的“K”形。沿岸有十几个村镇，最大的是北岸的露加诺，人口三万，为提契诺州的旅游名胜，国际笔会第五十届年会在此召开。此地离意大利不过半小时的车程，加以居民与意大利人同种，且说意大利语，可谓典型的边城，所以本届年会的主题就叫作“作家与边界文学”（Scrittori e letterature frontiera）。

瑞士地高，位于阿尔卑斯南坡的这湖，水面也海拔二百七十一公尺。露加诺镇背山面湖，斜在一片坡上，下面是一泓波动的水光，向东北和南面伸展，四围高峻的山势也压它不住。沿湖的人行道很长，有修剪整齐的菩提树接荫遮顶，堤边泊着许多艇船，正是散步的大好去处，因此行者不绝。像中欧的一般小镇一样，市中心是一片红顶的楼屋，高度皆在六层上下，别有一派妩媚而热闹的生气。越往南走，白屋就越多，到了南郊的天堂村（Paradiso），就变成亮眼的粉白。这人行道在湖之西岸，东望湖水尽头，有两山峻斜入水，壮人心目，北岸的一座是一侧峰，叫布瑞山，南岸是一座横岭，麓脚交叠之处想是湖水蜿蜿向北延去。走到天堂村的渡船码头，东望交叠的山脚，正好分开，却又露出更多的层峰叠岭，重重复复，在背后探出头来。但这些交错的峦头毕竟太小了，禁不住远处的雪山一推，只好纷纷向两旁让开，露出上首主客的高贵白头。

我们住在天堂村的欧罗巴旅馆三楼，落地长窗外的阳台正对着东北偏东的这一片湖景，潋滟的波光一路晃进房来，所以旅馆就名为 Europa au lac。群山开处昂起头来的雪山，白矗远空，体魄宏伟，横亘的山势耸着两座巨首，那博大的气象不由使人肃然起敬。湖上的气候多变，早晚的气温会降到摄氏八九度，出门得披上大衣。那雪山在阴天与远空泯化一体，或为近雾所遮，茫然不可指认。天色一晴，赫然，它便闪现在空际，遥遥君临着湖景，可远瞻而不可近亵，成为一个神圣的标记。

湖上下过几场大雨，来势可惊，北岸当头的布瑞山，绿荫与红楼高下掩映的，一下子就被吞入白蒙蒙的雨气里了。下雨也有好处，因为第二天高山积雪加深，就更皑皑夺目。若是一连晴天，积雪渐融，山顶就只剩下纵横的白纹如网，不复一片皓皓了。湖上北望，在布瑞山的左后方，约四十度的仰角，还有两座雪山前后交辉，也是晴则减白，雨则积厚，像变戏法一样。对比起来，还是东北偏东的那一脉雪山，远在两排青山的缺口守住这湖镇的岁月，更觉壮观。夫妻两人望之不足，全被它所慑所祟，不由自主。我没受过目测训练，不能决定它到底有多远。那种气派，至少在五十公里外吧？我在瑞士地图上，从露加诺向东北东沿界尺画了一条红线，觉得线上的高峰，从两千六百零九公尺的雷尼奥奈（Mte Legnone）到四千零四十九公尺的贝尔尼纳（Piz Bernina）都有嫌疑。为了要留下它庄严的法相，有一天清晨，不到六点我们就冒着风寒去湖边支架守候，在金曦初动的一瞬，摄下它接受万山朝拜的威仪。阿尔卑斯南坡的夏晚颇长，我存的镜头更守到八点三刻，等夕照把山头的皑白染成一片魔幻的淡蔷薇色，层叠的石棱投影有如复瓣。益信莫内所说的形不长在、色不长存。

天堂村的天空反而比别处窄小，因为有一座孤峰，树色苍苍，石貌岸然，毫无借口地平自竖起，霸占了它南面的空间。一连几天扭脖子回头，辛苦地瞻仰而难见其项背。只见云和鸟一到了它背后，就没有了下文。后来才知道它叫作圣萨尔瓦多山（Monte San Salvatore），与布瑞山南北对峙，平分了阴晴的天色，守卫着下面的露加诺，像一对简纳司门神。瑞士多山，招来全世界的山客，所以到处都有缆车（当地人叫 funicolare），也是瑞士人拿手的一大工程。终于等到了一个晴朗的早晨，我们便到山麓的缆车站去候车登山。

缆车半小时就有一班，双程票每人十法郎。车厢陡斜，但座位保持水平，有如上楼的梯级，所以乘客仍可从容观览，无须幻觉天翻地覆。钢缆紧张地拔河，朱红色的缆车便攀天梯而上，平平稳稳就深入了丛荫，只觉一股寒气袭肘而来，挟着石气和松杉的清香。平地今晨的气温只有八摄氏度，这上面，恐怕又低两三摄氏度了。

“你看那下面！”我存叫起来。

树隙间，露加诺镇一堆堆明丽的红星都落到脚下去了，远处的群山和其后的雪峰竞相簇起——正神往之际，缆车已到山腰的中途站，寥落的乘客步下月台，转到另一辆红车上，以更陡危的仰角被提上天去。“失势一落千丈强”，韩愈的句子忽然威胁着我。这样不停地提——升，不，提拔，要把人提到哪里去呢？

我们步出车厢，走出松林，登上四方的瞭望台。两人不约而同，大惊小怪地迸出一声“啊”来。

全世界都落在脚下了，露加诺、天堂村、卡斯塔尼奥拉、美丽迪，全匍匐在绝壁一削的山脚，一角白石就遮去了半个小镇。圣萨尔瓦多把我们抬举到它的额顶，到了这高度，能跟我们在同一层次对话的，只有四周这些头角峥嵘的青山了。左近的布瑞山，红栖错落，散布坡间，隐隐可见一线缆车道斜上山去，像柯勒律治所说的放宕之罅（romantic chasm）。这座山当然是认得的，但是它肩后巍然崛起、体魄显然更大一号的，是波利亚山吗？转身朝南，有长桥东西凌波，去意大利的车辆必经之地；桥对面一山突兀，有唯我独尊之概，湖水拗不过它，只好左右分蓝，回绕而去。它，就是圣乔治山吗？我拿着一张地形图，蟪蛄不识春秋，妄想结交这些山岳的长老，为天地点名。

更不可高攀的是，即使在此高度，也徒然仰羡的，皑皑不绝、白耀今古的雪山。这些山中之圣、石中之灵，拥着纯净得近乎虚无之境，守着天地交接的边疆，把同侪的对话，越过下面的簇簇青山，提高到雪线以上。怪不得什么都听不到了，血肉的年龄怎能去高攀地质学的什么代什么纪呢？登高望远，不但是空间的突破，间接地，也是时间的再认。风景可以是一面镜子，浅者见浅，深者窥深，境由心造，未始照不出一点哲学来。

4

我们去了两趟意大利。这种便游（side trip）算是瑞士之旅的花红。

一趟是去米兰的拉斯卡拉歌剧院听音乐会。那天天色转阴，湖风颇凉，四辆旅游车满载笔会作家动身时，已经快六点了。越过露加诺湖后，沿着东岸南行，峰回湖转，风景兼有明媚与雄奇之胜。穿过两个隧道，便进入意大利境了，海关也不曾上车来查阅护照。一个半小时后就到了米兰，停车在歌剧院前。

拉斯卡拉的内厅并不算大，却很高，楼座的包厢共有六层，加起来，那全面的立体感就很强了。地上铺着巨幅的深红厚毯，座位全是红绒，映着金黄的一层层壁灯和大吊灯，气氛温暖而华丽，恍若回到维尔第的时代。楼下专为招待笔会作家，楼上则是一般听众，不久下面的几层也满座了，顶层甚至也有客高栖而俯眺。各层的听众彼此眺望，已经够热闹的了，令人想起十九世纪的多少故事来。包厢里有些盛装的女客真说得上是美人，使我悠然怀古，念及朱丽叶和黛瑞莎（Teresa Guiccioli）。

那晚的音乐会不是歌剧，而是钢琴独奏，颇令人失望。钢琴家是刁烈（Francois-Joël Thiollier），一共奏了哈摩、舒伯特、肖邦、李斯特、德彪西、拉维尔等十二首琴曲，技巧虽然纯熟，却下手太重，像有意凌虐钢琴，大家都被震得有点耳麻。倒是在谢幕安可时饶的一首小品，只用左手轻敲，反而滴溜清脆，令人饱享耳福，报以掌声。散场时大家在外厅披衣等人，依依回顾两壁雕刻的罗西尼、维尔第、奥芬巴赫，并仰望正门楣上的托斯卡尼尼。

另一趟是去科摩（Como），因为更近，所以一下午便可来回。科摩湖比露加诺湖大三倍有余，全在意大利境内，科摩城就在湖之南端，除湖景外，并以市场与大教堂闻名。车在爱国英雄加瑞波地的铜像前停下，我们就走进门口的方堡，入了号称无物不备的市场。除了一家店门口挂着一排肥大如瓦斯筒的沙拉米香肠外，并不觉得这市场怎么特别。我们在一家礼品店里买了几个大理石粉塑造的娃娃和配色奇丽的领带，发现店方美元与瑞士法郎都收，找给我们的却是里拉。虽然商品的标价动辄五位数字，一千二百里拉其实只合一美元。在回程的车上，检视找来的零币，发现五百里拉的钱币（约值台币十二元）竟有二色，内圆金光耀眼，外面的一圈却闪着银辉，或有日月双轮的寓意。我从未见过哪一国的零币设计得这么别致。

科摩的大教堂建于十四世纪末年，里外都显得古旧了。浅青绿色的隆然圆顶令我想起伦敦的圣保罗大教堂，一行鸢尾形的十字架沿着屋脊的斜坡爬向塔楼，五月的白罗纱云在后面飘卷而过，衬得塔上的圣徒益发像在风里飞了。

意大利的青空，六百年来都像这么温柔吗？里面，却暗得多了。从外界嚣烦的市声与世尘进来，忽然什么都静了下来，是怎样的解脱？就这么坐在信徒的长椅上，承受着各种阴影交叠而来体贴地、微妙地覆在心头的感觉，那重量，有一点像圣乐的打击。就这么坐在暗里，让七彩的玻璃长窗引来中古的天国之梦，空间泛浮着，啊，蜡烛的淡香。蜡烛是真的，三百里拉就可以捐一支，插到两厢的烛坛上去，为那千烛并列的柔黄光晕再添一蕊心香。面对这一长列的整齐烛火，我进入了催眠的恍惚中，在科隆的大教堂里也曾这样过。

5

从苏黎世来露加诺，我乘的是瑞航的小客机，半小时的行程飞得却不低，因为下面不是等闲，是阿尔卑斯，欧洲的屋顶，众山之根。那是我眼睛最忙的半小时了。盘踞大半个瑞士，还要探爪摆尾到意大利、奥地利去，那么一大盘轮轮囷囷的来龙去脉，从一尺半的窄窗里回首俯瞰，中间阻挡着一角机翼，还有谁愚蠢的大头——原谅我的不耐——怎么觑得真切呢？最高兴的是转弯时机翼一沉，窗口正对着雪山，积雪之白与峭壁之黑形成惊心动魄的对比，那傲岸与磅礴，令人胸口紧压。可惜机翼立刻又举平了，天启甫开即闭。半小时的飞行，倒有二十五分钟是浮在那一片耀眼的雪光之上，令人兴奋而不安。但是看呢，却没有看够。

所以回程便改乘火车。俯视不足，使用仰观补偿。

行前两天，我们怀着乘“自强号”的心情去山上的火车站预购车票。

“后天去苏黎世？”窗口的站员问道，“为什么要预订车票呢？”

“怕人会挤呀！”我说。

“怕人挤吗？”他惊讶地笑了，“在瑞士的火车上？”

走的那天是星期天，清早七点半我们就坐出租车赶到火车站，准备乘七点五十五分的直达车去苏黎世。站员问我要头等还是二等。

“二等座挤吗？”我问。

“不会的。”他又笑了。

“那我们要两张二等。”

“每张是四十三法郎，”他说，“你们是去苏黎世还是苏黎世国际机场？”

“当然是到 Zürich-Flughafen[①]。”

他把票给我们，并且指示我们去左边的柜台寄存行李。行李间的女职员听说我们要去苏黎世赶下午的瑞航去香港，接过我们的机票，看清楚行程之后，把两张托运收条钉在机票上。

“好了。”她说。

“我们到苏黎世车站再提行李吗？”我不安地问她。

“不是的，行李会跟你们上飞机，”她说，“你们到香港那头，当场去取就行了。托运费每件十八法郎。”

“这么方便？值得，值得！”我再三说。

于是我们拎着小手提袋，轻轻松松地上了火车。刚刚坐定，车就开了。可容五十人的长车厢，只零落坐了五六个人。这就是我们担心的“挤”，想着，不禁相对而笑。瑞士的面积比台湾地区至少大两个县，而人口只有

---

① Zürich-Flughafen：苏黎世国际机场。

六百三十万，凭什么要摩肩接踵？火车上不但人少，座位也比“自强号”宽，座垫厚实，色调灰而雅，两座之间的扶手可以推贴椅背。车行迅捷而平稳，而且不播音乐。

半小时后，车到提契诺的州府贝林错纳，过此，便沿着提契诺的清流，贴着列芬蒂娜狭长的谷地攀缘北上。隧道成串而来，对峙的山势渐渐峻拔，形貌也益见险怪。毕竟是阿尔卑斯向阳的南坡，雪山还不太多，所积也不太厚，却已教我们够兴奋了。众山的来势回龙转脉，簇峰攒岭，相牵相引而层出不穷。高高在上的山国，春天来得也较迟。已经是五月中旬了，半山的杉柏一半嫩绿，另一半仍然深苍。这一带的绝壁往往一落数百公尺，全是整幅的岩石，筋骨暴露在半空，复层的地质如神斧一劈剖开。几乎每转三五个峰头就有瀑布从高崖上孤注而来，一线白光耀人眉目，落山后就不见了，想必是汇入了浅浅的提契诺山溪。看得出那溪水是怎样冰清彻骨，因为那是高处雪姑的化身。

铁轨与公路或平行或交错，在别无余地的列芬蒂娜窄谷里一路迤逦相随。有时公路落在坡下，来路与去向可以指点俯览。有时公路凌空而过，仰窥只见一丛修伟的浅灰桥柱拔上天去，像撑起一座巍峨的牌坊。公路也是现代的穿山甲，和铁轨并进的时候，就可以看见隧道的黑口怎么一口就把北上的汽车吞没，又在山的后头再吐出来。我们的眼睛当然没有闲着，不知该惊叹造物的造山运动，还是瑞士人的穿山技巧。惊喜之情更因车行之速而增加，山头累累而来，乍起的兴奋立刻被后面的震撼所取代。

地势渐行渐高，连轮下的谷地也海拔快上千尺。等到车速缓了下来，我们知道圣哥达隧道（St. Gotthard Tunnel）到了。这隧道长九点三英里，最高点为三千七百八十六英尺。一百年前，瑞士的工程师与阿尔卑斯争地，硬是顶撞山神，在它最坚最顽的痛处，锵锵然穿凿而过，南北一孔相通，山豪与石霸从此再不能垄断一切了。

“‘地崩山摧壮士死，然后天梯石栈相勾连’，”我对她说，“要是李白跟我们一起来了，不晓得会兴奋成什么样子。”

“真想知道，他会写怎样的一首七绝。”她笑笑说。

“这隧道嘛，”我想了一下，“该让韩愈来写，他会写得怪中有趣。李白，可以写洞外的雪山。”

“这火车越走越慢了。”她说。

“因为它也在地下爬坡。”我说。

车厢里的灯早亮了，阴影在阒冥的洞壁上扑打如蝙蝠。五分钟过去了，长若中古。窒息感、恐闭症，我们在山的隐私里越陷越深。忽然有异声自彼端传来，先是低弱而迟疑，继而沉重又坚定。高频率的嚣嚣迎面而来，扫肩而过，一时光影交错，在封闭的长洞里南下的列车迅闪而逝，把回音搅成一盘旋涡。就这么交了两班来车，九分钟后，我们冲回白天，进入另一个瑞士。

这漫漫的圣哥达隧道，九分钟之短、九点三英里之长的地下之夜，贯穿了南北两个瑞士，洞南说的是意大利语，母音圆融；洞北说的却是德语，子音杂错。同样是山，洞以南叫 monte，洞以北却变成 berg。刚才入洞处的小镇叫爱若罗（Airolo），出洞口的小镇却叫昂德马特（Andermatt），只听发音就晓得别有天地。

北边的昂德马特海拔比爱若罗高出二百七十二公尺，可见隧道是向北上升。一出北口，雪山便成群结队而来，一峰未过，一峰又起，那么多尊白皓皓的高头，都在同侪的耸肩之后俯窥着我们，令人不安。其实，那只是幻觉而已。顶天立地的阿尔卑斯群峰，岩石之长老，山岳之贵族，凛冽而突兀的高龄与神同寿，目中怎会有人呢？我的白发抵抗时间之风，还能吹多少年呢？它们的白头，昂其冰坚雪洁，在永恒之镜中却将常保其威严。

峰回车转，皑皑不断，天都给照白了。左右两边都有成排的雪山叠肩压来，令人难以兼顾。好在座位大半空着，由得我们这两位山颠一会儿抢到左窗，一会儿跳去右窗，带着半抑的惊诧，诉说断断续续的叹赏。有的白峰崖岸自高，昂然天外，似乎不屑与他山并驱，无论火车怎么兜绕，都不改容。有的远看为峰，傲挺着孤僻，近前来时却伸展成壮阔的横岭，斜曳着长长的雪坡。有的不是一座峰，是一簇峰头聚在一起，中间平铺着白洁无瑕的雪台。而真正耐看的，不是雪山纯白一片，而是绝壁向阳，留不住积雪，几幅黑壁就层次分明地刻画了出来。每一座都值得细细瞻仰，但哪能让你从容低回呢，隧道一条接一条兜头罩过来，吞去了浩瀚的雪景。隧道若短，出洞时迎你的仍是送你进洞的同一座山；若是长呢，洞口早已换了天。

瀑布仍然是有的，却冻成百尺的冰河了。至少表面是如此，冰壳下面仍然有涓涓细流，太阳出来时，冰壳会化出一个窟窿，喷出小瀑布来。

再往北走，渺漫的水光便横陈在左窗，雪山之阵总算让出一片空间来。两汪长湖夹着中间一泓小湖，依次是无奈湖（Urner See）、潦泽湖（Lauerzer See）、楚客湖（Zuger See）。隔着水镜看山，正看加上倒看，实者已经若幻，虚者更增一层飘逸之美。隔水看雪山，可以尽其山势，综观全景，不像局在山脚下难见项背。加以湖长而山多，一路畅看过去，真是肺腑满冰雪了。

过了楚客湖，绿肥白瘦，雪山不再成群来追。我们带着满足的疲倦，定下神来，靠回高高的椅背。火车穿过平野的茫茫白雾，驶向苏黎世城。最后，我们走出火车站，却发现不是地面，而是地底。我们乘电梯升上去，门开处，已经在国际机场里了。

梵天午梦——泰国记游之一

1

去过泰国的游客，在回程的时候，袋里总有几张泰国钞票或几枚泰国钱币。如果他仔细端详，就会发现那上面的图像都与佛教有关。泰币一元叫铢（baht），常被误为一铢；上面的图像便是宫墙之中矗起的巍巍金塔、簇簇甍尖，玉佛寺最动人的一景。十铢和五十铢的钞票上，正反两面都有一个异形，鸟头鸟足，人臂人身，头戴高冕，臂张巨翅，表情十分威猛。如果他翻开护照，就会发现泰国的签证章上也有这图案。要问这是什么怪物，只怕匆匆的游客里没有几个知道。

原来这是泰国的国徽，见于一切的官方文件，叫作格鲁达（Garuda）。据说那是众鸟之王，守护神毗湿奴的坐骑。他的死敌是蛇王纳加（Naga），也是他同父异母的兄弟，因此鹰蟒常做殊死之斗。足见佛教在泰国颇有印度教的成分；至今泰王宫中的盛典仍由婆罗门的祭司主持。

鸟王格鲁达和蛇王纳加的形象，在泰国随处可见。纳加的造型有一点像中国的龙，只是躯体较为短胖，其首若眼镜蛇，每呈复叠状，多达七头。相传七首的纳加曾经蔽护过冥坐的佛陀。在泰国传统的栏杆上，常见他奋然昂首，令人不安。我喜欢泰国的原因，主要在佛教，在其金碧辉煌的异国形象与神秘感。所以我婉谢了朋友为我安排的芭提雅之行，宁可留在曼谷看寺。

我存和我什么教徒都不是，却最爱看庙看寺。在京都，我们流连佛寺的古风与禅味。在欧洲，我们仰瞻低回的也尽是巍峨的教堂。

从十三世纪的素可泰王朝（Sukhothai Dynasty）以来，佛教早成了泰国的国教。佛教自印度北传，至尼泊尔、中国、韩国、日本，是为大乘佛教（Mahayana Buddhism）；南传至于斯里兰卡，是为小乘佛教（Hinayana Buddhism）。

泰国所受者乃斯里兰卡的小乘（在泰国又称 Theravada），其宗教生活以三宝（Triratana）为中心，亦即佛、法、僧（Buddha，Dhamma，Sangha）：佛像供于寺内，亦供于家中；佛法在寺院与学校都要讲授；至于僧侣，则处处可见。每日清晨，满街都是成群出来化缘的沙弥，菩提的绿荫下飘动着鲜黄的袈裟。在泰人的眼中，化缘不是和尚行乞，而是让施主有机会行善，真是善哉。迄今泰国五千三百万人之中，仍有百分之九十五信奉佛教，每个青年至少要做三个月的和尚，而以七月月圆之日为闭关之始。那一天泰语叫 Asanha Bucha，用以纪念释迦初次对最早的五位徒弟讲道。此外，当今（1988 年）节基王朝（Chakri Dynasty，1782—　）的泰王蒙谷拉玛四世，登基不过十七年，在登基之前却为僧二十七年，可见僧侣在白象王国的地位。

2

曼谷的佛寺有四百多间，论地位之高、名气之大，当然首推玉佛寺（Wat Phra Keo，英文叫作 Temple of the

Emerald Buddha）。我到曼谷的第三天上午，有缘去瞻仰一番。

粉白的宫墙延伸如一列幻象，忽然浮现在眼前，关不住满宫的塔尖和甍角，一片亮金和暖眼的橘红，已经在半空照耀着我们了。以后的三小时，我们就迷失在一场灿烂的午梦里，至今尚未全醒过来。

最夺目的色调是金黄，来自一排排一簇簇的纪念塔。最显赫的一座是倒钟形的圆锥体，上面贴满了金叶，据说是斯里兰卡传来，叫作吉地（chedi），乃泰王蒙谷拉玛四世所建。另有两座金塔，像刻成台阶的金字塔，叫作宰堵波（stupa）。这三座擎天巨塔衬着天蓝，十分光灿，在近午的艳阳下，更绚烂得耀人眼花。向东耸立，靠近回廊的是一排八座普朗（prang），其状颇似中国的宝塔，顶上也有七级浮屠，但体魄比较厚实，四周的花纹非常精致，不像中国的宝塔那么玲珑尖拔。这种普朗塔仿自柬埔寨的佛寺，最闻名的当然是吴哥寺（Angkor Wat）。吉地金塔的斜对面就有吴哥寺灰石的模型，具体而微，令人恍若身在柬埔寨，从半空俯窥。泰国不能忘情于吴哥，只因柬埔寨部分地区曾经是它的藩属。

金色之外是橘黄色，那层层交叠的圆瓦，像整齐而精致的鱼鳞，在高峻的屋顶一路泻了下来，极有气派。巨幅的橘色瓦四周，更镶了翠绿的边，对照得异常鲜丽。有时那组合倒过来，屋顶的百尺长坡尽是稚嫩的绿瓦，四周却衬以烘眼的亮橘。小乘佛寺的配色高妙之至，明艳到了含蓄的边缘，而能恰好避免庸俗。梵宇的殿堂亭塔，金闪闪的主色底下，往往衬以嫩绿或宝蓝，匹配的悦目效果，令仰观的信徒不能移目。玉佛寺正殿的三角墙上，那一丛金叶的下面覆盖着的，正是高雅圣洁的宝蓝。真是大开眼界了。曼谷四日，我这唯美主义的眼瞳可谓娇养成癖，一回来，就不惯了。

那一丛垫蓝的繁金，远望金碧不可开交，近前细细仰望，终于把密叠的形象分辨了出来。原来正中是威猛奋发的万禽之王格鲁达，掌中握的，脚下踹的，正是盘旋不驯的蟒王纳加。格鲁达的肩头立着一位高冠的天神，想必就是印度教的守护大神毗湿奴了。再细看时，四周的盘蟒交缠如藤，中央都端坐着一个小毗湿奴，说得上真是金碧交加。

这格鲁达的雕像，怒目张臂，巨喙昂扬，踏大蟒在脚爪下，蟒的长尾兀自翘着，正在使劲挣扎。张力逼人，比起希腊的雕像莱阿孔（Laokoön）或艾尔·格瑞科的名画来，并不逊色。小乘信徒把他奉为辟邪的吉兆，他的悍姿到处可见。沿着玉佛寺正殿的墙角，在珐琅蓝嵌珠母白的图案下面，就整整齐齐排列着一百一十二座护寺的格鲁达。戒备这么森严，想必任何妖怪都不敢狎近了。

禽王之外，蟒王纳加的复首蛇身也是泰国常见的形象，甚至成了流行的装饰。我住的文华酒店里，栏杆顶上就饰有此物。佛寺的屋檐四角，看来如翼而欲飞起的，其实都是蟠蜿的纳加，可以说就是泰国的龙了。

比纳加更引人注目的，该是屋脊两端的翘发（chofa）。泰国的天空一定被成千上万的这种尖角搔得发痒。从美学的观点看去，那一层层高屋建瓴的屋顶真像是斜上天去的峻坡，仰望的目光要努力攀爬。那些头角峥嵘的翘发，背负着蓝空，就像巍立在坡顶的一群山羊，挺着弯而长的尖角，还垂着胡须。其实那些翘发的造型，是鸟头鸟颈的延伸，也是禽王格鲁达的象征，怪不得满天都是。寺庙原是人与天的交际，建筑上该有升腾的感觉。悬在我们额顶的这些高坡已有朝天之势，上面的鸟头探整天外，更有飞升之想。潜移默化，当然激起信徒仰祷的愿望，善哉！翘发在泰文里的意思，据说是天穗（sky tassel），名字真美。不过一般的流苏都是垂下，唯独翘发是向上挑扬，真不愧是天流苏。根据泰国建筑的传统，寺庙落成之时，要先举行一场典礼，才能为屋脊装上这些天穗。

寺内的雕像极多，有如露天的大美术馆。最慑人的是一尊尊矗立的夜叉，高盔峨然，全身甲胄，两腿微分，两手则在胸前合握着一根比碗口还粗的金刚巨杵。袍甲上面都饰有金色的花纹，图案十分精细，金纹下面还有各殊的底色，配得鲜丽悦目。连那根金刚杵也用这样的配色，装饰得一丝不苟。对照之下，脸上的表情就显得更加猛烈：两眼突兀而圆睁，一圈眼白把瞳仁反托得分外狞恶，一列裸露的白齿里伸出尖长的犬牙，正合了中国旧小说所说的“青面獠牙”。但是并非每一尊夜叉都是青面，而是面色各殊，穷极变化。我站在这些凶神恶煞的脚下战战兢兢地仰望威仪，想起“丈二金刚，摸不着头脑”，忍不住要发笑。可是顶上这些凶神，每一尊都高近二丈。

不过另一组雕像却妩媚迎人，显然是女性。其状半人半兽，约有一个半人高，据说是喜马拉雅山上的森林之神。

书上说她有人首人身、鸟翼鸟足，其实玉佛寺里的那几尊，上半身固然是女人，腰以下却显然是一匹母狮。不论她究竟是什么，只见其背挺直，其乳丰隆，腰细而腿长，全身的曲线流利而有弹力，堪称健美，后面还昂然扬起一条狮尾，更添婀娜摇曳之姿，侧面看去，尤其诱人。她戴着上耸层塔的高冠和一圈又一圈密接的项链，乳罩周围镶着花边，上臂和手腕都戴了金镯，上嵌血红的宝石。她双掌合十，手指纤长，令人想起泰国舞女。也有两尊是一手扶腰，一手拈花而嗅。脸上的表情若羞若笑，弯弯的眉下，柔目闭而欲开，神秘的风韵不输蒙娜丽莎。这女神名叫旖娜旎（Kinnari），其男性则名奇纳拉（Kinnara）。

奇纳拉的脸相极肖夜叉，倒是长了鸟尾。另一种雕像则是托塔的夜叉。这些夜叉的造形跟镇守庙门的那一排手握巨杵者相似，不过为了托住金山一般的层塔，不但要用头顶，用手掌力撑，要张开马步，降低重心，沉住一口气，把万钧重压之势匀分在两脚。可怜这许多蛮君鬼伯就这么忍负着千古的重担，压得臂弯而膝扭，永远直不起腰来。这托塔的群像，不言而喻地，把金塔镇地的分量强调了出来。

正是夏雨初歇，地上还汪着一片片的水渍，太阳又露出脸来。一刹那这金黄的世界轰地烧起，空气里抖动着金芒似网，煌煌，焕焕，迎光的轮廓，忽然失去了界限，像熔浆烧化了，流动不定。大平台石阶旁的一棵大菩提树上，传来类似八哥的啁啾，不断翻弄着巧舌。一阵风起，大殿高檐上悬挂的铜铃铿铿叩鸣，此起彼落，传递着清空的情韵。阶下的大水缸里平铺着翠叶，一朵红莲静静地开着。

为了避日，我们躲到南边的回廊上去。长长的回廊把偌大一座玉佛寺护卫在中间，上面覆着三层橘色瓦的屋顶，下面还撑着白柱。廊壁一幅又一幅接过去，巨幅的壁画气象宏伟，连环图一般地递接过去，几千尺横陈的空间，伸展着动人心魄的壮丽史诗，正是古印度《罗摩衍那》的神话。故事说的是阿约德耶王子拉玛，原是守护神毗湿奴轮回转生，因拉动神弓而赢得喜姐为妻。斯里兰卡的魔王剌瓦那将喜姐掳去，拉玛得猴仙哈努曼之助，以猴架桥，得渡海峡而救回妻子。这壮阔的史诗要用两万四千对偶句才说得完，可见壁画有多大的场面。我们一路追看过去，因为拉玛五世所撰的说明是用泰文，只能凭画面大约猜想。画里的宫殿建筑，一眼望去，屋脊尖翘成一簇簇的天流苏，屋顶斜成陡峭的瓦坡，显然都是泰国风格。既然画的是斯里兰卡与印度，可见泰国的小乘艺术确是经由斯里兰卡传来。同时，《罗摩衍那》传来泰国后，曾经节基王朝的拉玛一世改编成戏剧，叫作《拉玛根》（*Ramakien*）；玉佛寺长廊的壁画便以此为本。

最生动的一幕是猴仙哈努曼卧在海峡上，让猴子大军攀尾爬背而渡。猴仙的脸型有点像夜叉门神，他的神通广大、淘气善变，正与孙悟空相通。非常有趣的一点是画中的山水层次井然，色彩鲜丽，俨然是西方文艺复兴的透视规模。

3

终于我们怀着虔敬的心情，来到庄严而华丽的玉佛大殿阶前，随着众人把鞋子脱下，放在长木架上，尘埃不沾地拾级而上。殿有三层瓦顶，斜檐上蟠着如蛟的蟒王纳加，四壁的础石上排列着多少尊格鲁达驯服纳加的镀金塑像。高耸的墙壁在珐琅瓷上镶满了珍珠母，反光的时候有一种浮晃而游移的幻觉。

顶着金冠的高门开在台阶的顶端。进得殿去，肃然无喧，满堂的善男信女跪了一地，泰人、华人、西人，都仰望着高处供着的玉佛。从我坐的花瓷砖地上仰望，那亿万信徒注目的玉佛端坐在五十度的仰角，两脚交叠，双手也交叠，掌心向上，正是佛像中“冥想”的坐姿，梵文叫作“三摩地”（Samadhi），亦即“三昧”。层层的神坛一路叠上去，象征着印度教众神所驾的飞车，最高的两层看得出是一排格鲁达合力举起了众神，再往上，就是佛陀的莲座了，背后更撑起层叠的黄伞。

这一尊小乘佛教观瞻的焦点，是泰国最神圣的国宝。泰国人称它为 Phra Keo，英文称它为 The Emerald Buddha，其实不是翡翠，而是从一整块碧玉中细雕出来的。相传这是众神造来送给斯里兰卡蟒王的礼品，又据说它最早出现在世上，是在十五世纪的泰北，当时表面敷着灰泥，供于昌莱（Chiang Rai）的一座寺塔中。一阵暴风雨之中，电殛塔毁，方丈把泥像带回僧舍。有一天，他发现泥像的鼻子怎么剥落了一块，里面露出了碧绿。他把灰泥一起剥去，里面赫然是这尊碧玉佛像。

当时，昌莱城是在清迈治下。消息传开，清迈国王桑方堪立刻派出一头象去迎佛进京，但是那头象到了三岔路口，竟改向而去南邦（Lampang），一连三次都如此。清迈王领悟玉佛之灵立意要去南邦，乃许其留在该地。过了三十二年，即到一四六八年，清迈王狄洛卡才把玉佛接去京城，供于琅塔的东龛。

又过了八十多年，到了一五五一年，清迈王死去，却无太子继位，幸有公主在寮国为后，生王子柴捷达。群臣乃议迎寮国王子来做清迈的新君。次年，寮王去世。这位清迈客君思归心切，乃于一五五二年回去寮京琅勃拉邦（Luang Phrabang），临行时对清迈的群臣说，他会回来。结果他一去不返，也不送回玉佛。十二年后，缅甸来犯，柴捷达不敌，被逼迁都永珍（Vientiane），玉佛遂在新都长供了二百一十四年之久。

直到一七七八年，正值华人郑昭统治泰国的吞武里（Thonburi）王朝末年，大将节基（Chakri）领兵攻下永珍，才把玉佛迎回国来。四年后，节基自立为王，建立了曼谷王朝，成为开国之君拉玛一世。一七八四年三月二十二日，他把玉佛从故都吞武里迎过湄南河来，迁入新京曼谷，在隆重的典礼中供奉到新盖的玉佛寺内。从此这历经劫难的灵玉成为天佑泰国之宝。

玉佛的坐像加上像座，高六十六公分。一般都认为此像发现于一四三四年，造像之年亦不过稍早，应属北泰风格。同时，玉佛叠掌叠腿的“沉思”坐姿，在泰国的佛像雕刻艺术中乃属罕见，却近于印度南部及斯里兰卡的风格，所以其来源当为斯里兰卡或南印。自从拉玛三世以来，玉佛每年都要易装三次，那就是各在夏季、雨季、冬季开始的一天，典礼隆重，均由泰王亲手换衣。

那天近午时分，我们进了正堂，随众跪坐。因为走累了，我只是坐在瓷砖地上，双手撑在身后，双腿自然而然就向前直伸。不一会儿，人影闪处，警卫忽然走了过来，对我指指点点，声音虽然低抑，却显然透着不悦。经同游的符传文先生解释，原来在泰国，以脚底对人乃是失礼，何况此刻我脚底对着的竟是曼谷王朝最神圣的国宝。我立刻缩回罪恶的双脚，屈起膝来。经此一斥，我非但不恼，反而对泰国增加了好感。

升堂要先脱鞋，既入堂则必须跪拜，且不得喧闹，这正是对神明的崇敬，未可全以迷信视之。敬神的民族总能赢得我的尊重。敬神，则在道德之上，冥冥中还有一种更高的秩序在提升、在援助、在监督，总多了一种约束力。

宗教的效果，积极则为敬，消极则为畏。举头三尺若有神明，所以君子敬之，小人畏之。一个民族，等到君子不敬，小人无畏，就不可收拾了。台湾遍地是庙，似乎是敬神之地，可是我不能感受到信徒的虔敬精神。相反地，用扩音器来扰人，用色情来酬神，祈祷只为下注，赌输了竟斩神头以泄愤，凡此不但失敬，而且无畏，简直可悲。

此外，“佛要金装”，虽是一句俗话，却有至理。不论是寺庙还是教堂，若是不美，总不能动人。若是丑呢，就更难教人信了。所谓美，倒不一定要怎么堂皇，像日本京都的禅寺，清静雅洁，松竹幽深，香火肃穆，也能令人心折。至于曼谷佛寺的金碧辉煌，亭塔争光，外则夜叉守门，神鹰耀武，内则佛相庄严，无论坐姿或卧态，都令人敬畏，却又不失慈悲。黄伞所覆，莲台所托，那大气磅礴的姿势，或即神的肢体语言吧，是那么单纯而有深意。再仰瞻那颜面的表情，是那么含蓄而内敛，长眉修目，丰准宽唇，垂耳几乎及肩，那隐然垂视而欲俯首下心、担负世间一切苦难一切罪孽的心肠，令人一望而知其为大彻大悟。这样的脸谱，若是真人，恐怕未必好看。但当佛相来拜，却无比动人而观之不足。基督教神像与圣徒的脸谱，虽也庄严，却太写实，太像真人了，稍欠神秘的距离。

佛家告诫：色即是空。然而这一切金碧辉煌，法相庄严，岂非都是镜花水月？大概我六根不净，六尘犹染，尚在色界与众浮沉，离无色之界尚远。对我而言，佛是宗教，更是艺术。对我而言，要入真与善，仍须经由美的“不二法门”，可谓妄矣。不过对于芸芸众生，寺庙之美仍是眼根耳根，不得清净，也无须戒绝吧？

想到这里，我以手支地，权缓腿酸，心猿意马仍随目光向四壁驰骋。在玉佛的金坛前方，另有七层的神坛，左右各一，上面各立一尊佛像，高三公尺，立姿均为上臂贴腋，前臂平伸，两掌向前而五指向上。据说这是立佛雕像中的驯海之姿（Abhaya Mudra）。青铜塑造的佛像都镀了金，华丽非凡的塔形皇冠及衣饰上镶满了宝石，实在不是一眼就能尽览。拉玛三世把两尊巨像献给他的先王拉玛一世与拉玛二世，那脸型如蛋，椭圆而尖，蛾眉凤眼，秀气灵动，线条饶有抽象之美。

在玉佛的高阶宝座上，由上向下，成双地排列着十尊较小的立佛，手势与装饰也具体而微，是曼谷王朝历代的君主立来献给拉玛三世以前的皇室贵人。这些，跟下方的两尊巨像相似，也都是踏着莲台，遮着橘黄色的叠伞，只是伞仅五层，不像巨像那样共有七层。

壁画也是如锦添花，令人无暇注目，逐一细看。壁上的大平面是另一空间，另一世界，使地上的世界显得多么单调而寒酸。壁画是尘世之窗，开向神明。在玉佛背后，西面的壁上是佛教的三界，依次是欲界、色界、无色界。东面的壁上绘的是佛陀的觉悟。南北两壁的众窗之间，叙述释迦牟尼前世的五百五十身轮回，谓之阇多迦（Jataka）；窗的上方展示的则为释迦的生平。北壁的下方，车骑浩荡，象座巍然，是王辇陆上出巡。南壁相对的部分，则是河岸上的行列。诸天的神佛，满目的妖魔，无数的劫难与轮回啊，将我这么一个小根小器的迷人，高速、加速的旋涡一般车轮转围在中间。我的色蔽之目从来没有这么忙过，欲蔽之心更从未这么乱过。壁上的眼睛都在看我，悲怜地看着我吗？看着我，问我何时才能挣脱幢幢的八邪，跳出熊熊炙人的火宅？一刹那，心念几度飞越了新罗，千劫万劫都似已失去——

出得寺来，曼谷的车潮汹涌依旧，菩提树成行的林荫道旁，日影似乎没移动几寸。

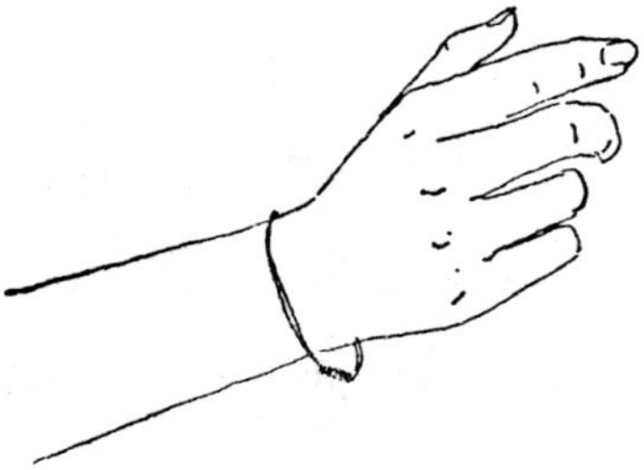

黄绳紧腕，可以辟邪

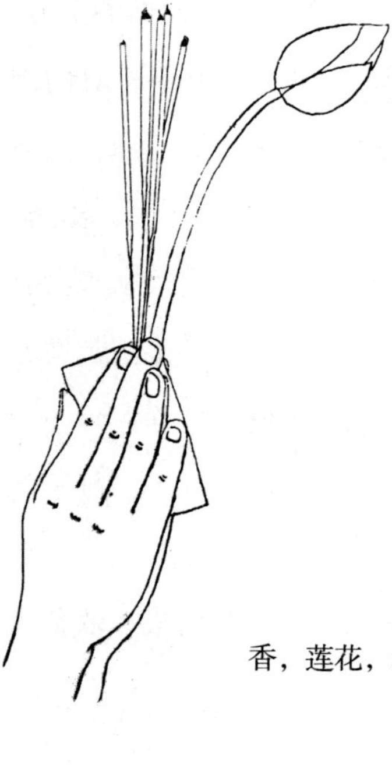

香，莲花，和棉纸包住的金箔

禽王格鲁达

蛇王纳加

夜叉（药叉）

森林之神旖娜旎

黄绳系腕——泰国记游之二

从泰国回来，妻和我的腕上都系了一条黄线。

那是一条金黄色的棉线，戴在腕上，像一个美丽的手镯。那黄，是泰国佛教最高贵的颜色，令人想起袈裟和金塔。那线，牵着阿若他雅的因缘。

到曼谷的第三天，泰华作家传文和信慧带我们去北方八十八公里外的阿若他雅，凭吊大城王朝的废都。停车在蒙谷菩毗提佛寺前面，隔着初夏的绿荫，古色斑斓的纪念塔已隐约可窥，幢幢然像大城王朝的鬼影。但转过头来，面前这佛寺却亮丽耀眼，高柱和白墙撑起五十度斜坡的红瓦屋顶，高檐上蟠游着蛇王纳加，险脊尖上鹰扬着禽王格鲁达，气派动人。

我们依礼脱鞋入寺，刚跨进正堂，呼吸不由得一紧。那一座黑黯黯的重吨，是什么呢？啊，佛像，向我们当顶累累地压下，磅礴的气势岂是仰瞻的眼睫所能承接，更哪能望其项背。等到颈子和胸口略为习惯这种重荷，才依其陡峭的轮廓渐渐看清那上面，由四层金叶的莲座托向高处，塔形冠几乎触及红漆描金的天花方板，是一尊黑凛凛的青铜佛像。它就坐在那高头，右腿交叠在左腿上面，脚心朝上，左手平摊在怀里，掌心向天，右手覆盖在右膝上，手掌朝内，手指朝下，指着地面。从莲座下吃力地望上去，那圆膝和五指显得分外重大。

这是佛像坐姿里有名的“呼地作证”（Bhumisparsa Mudra），又称为“降妖伏魔”（Maravijaya）。原来释迦牟尼在成正觉之前，天魔玛剌不服，问他有何德业，能够自悟而又度人。释迦说他前身前世早已积善积德，于是便从三昧的坐姿变成伏魔的手势，以手指地，唤大地的女神出来作证。她从长发里绞出许多水来，正是释迦前世所积之德。她越绞越多，终于洪水滔滔，把天魔的大军全部淹没。释迦乃恢复三昧的冥想坐姿，而入彻悟。曼谷玉佛寺的壁画上，就有露乳的地神绞发灭火之状，而众多魔兵之中，一半已驯，一半犹在张牙舞爪。

一说此事不过是寓言，只因当日释迦树下跏趺，心神未定，又想成等正觉，又想回去世间寻欢逐乐。终于他垂手按膝，表示自己在彻悟之前不再起身的决心。然则所谓伏魔，正是自伏心魔。还是长发生水的故事比较生动。

想到这里，对它右掌按膝的手势更加敬仰而心动，不禁望之怔怔。后来问人，自己又去翻书，才知道这佛像高达二十二点五公尺，镀有缅甸的金，铸造的年代约在十五世纪后半期，相当于明英宗到明宪宗之朝，低眉俯视之态据说是素可泰王朝的风格。一七六七年，缅甸入寇，一举焚灭了四百一十七年的大城王朝。据说泰国最大的这尊坐佛当日竟无法掳走，任其弃置野外，风雨交侵。也就因此，这佛像看上去颇有沧桑的痕迹，不像曼谷一带其他的雕像那么光鲜。它太高大，何况像座已经高过人头了，实在看不出那一身是黑漆，还是岁月消磨的青铜本色。只觉得黝黑的阴影里，那高处还睁着两只眼睛，修长的眼白衬托着乌眸，正炯炯俯视着我们，而无论你躲去哪里，都逃不出它的眸光。

佛面上一点鲜丽的朱砂，更增法相的神秘与庄严。但是佛身上还有两种妩媚的色彩。左肩上斜披下来的黄缦，闪着金色的丝光。摊开的左掌，大拇指上垂挂着一串缤纷的花带，用洁白的茉莉织成，还飘着泰国兰装饰的秀长流苏。这花带泰语叫作斑马来（Puang–Ma–Lai），不但借花可以献佛，也可送人。

“你们要进香吗？”传文走过来说。

“要啊。”我存立刻答道。

“香烛每套十铢。”传文说。

我们每人在佛堂门口的香桌上买了一套。所谓一套，原来就是一枝莲、一支烛、三根香，还有一方金箔，用两片稍大一些的米黄棉纸包住。我们随着泰国的信徒，走到莲座下面的长条香案，把一尺半长的一枝单花含苞白莲放在一个浅铜盆里，再点亮红烛插上烛台，最后燃香插入香炉。莲是佛座，烛是觉悟之光，至于三根香，则是献给佛祖、佛法、僧侣，所谓“三宝”。炉香袅袅之中，我们也与众人合掌跪祷。

“这金箔该怎么办呢？”我问一旁的信慧。

“撕下来，贴在佛身上。”她说。

“泰国人的传统，”传文笑说，“贴在佛头，就得智慧。贴在佛口，就善言辞。贴在佛的心口呢，就会心广体胖。”

我举头看佛，有五六层楼那么高，岂止是“丈二金刚，摸不着头脑”？莲台已经高过我头顶，“临时抱佛脚”都不可能。急切里，分开棉纸，取出闪光的金箔。怎么办呢？一看，也有人干脆贴在莲座底层，就照贴了。回头看我存怎么贴时，她已贴好，正心满意足地走了过来。原来宠下另有一座三尺高的佛像，脸上、身上贴满了金叶。

“你们要是喜欢，”信慧说，“还可以为黑佛披上黄缦。”

她把我们带到票台前面。一只盛着黄线的盒子上写着：“披黄缦，一次一百三十铢。”那就是台币一百五十多元了。

“怎么披呢，这么高？”我问。

“他们会帮你做的。”信慧说。

我立刻付了泰币。那比丘尼从柜里取出一整匹黄缦，着我守在莲坛下面。不久，有声音从屋顶反弹下来。仰望中，人头从佛像的巨肩后探出，一声低呼，金橘色的瀑布从半空泻落下来，兜头泼了我一身。黄洪停时，我抱了一满怀。但是也抱不了多久，因为黄缦的那一端她开始收线了。白带子收尽时，金橘色的瀑布便回流上升。这次轮到我放她收。再举头看时，我捐的黄缦已经飘然披上了黑佛的左肩。典礼完成。

我捐黄缦，不全是为了好奇。当天上午，在曼谷的玉佛寺内，我随众人跪在大堂上时，无意间把腿一伸，脚底对住了玉佛。那算是冒犯神明了，令我惴惴不安。现在为佛披缦，潜意识里该是赎罪吧，冥冥之中或许功过能相抵。

《六祖坛经》里说，梁武帝会问达摩："朕一生造寺度僧，布施设斋，有何功德？"达摩答曰："实无功德。"每次读到这一段，都不禁觉得好笑。岂知心净即佛，更无须他求。韦刺史以此相问，六祖答得好："武帝心邪，不知正法。造寺度僧，布施设斋，名为求福，不可将福便为功德。功德在法身中，不在修福。"只要心净，无意之间冒犯了玉佛，并不能算是罪过。另一方面，烧香拜叩，捐款披袈，连梁武帝都及不上，更有什么功德？

想到这里，坦然一笑。走去票台，在满盛黄线的盒中取出四条，一条为我存系于左腕，一条自系，余下的两条准备带回台湾给两个女儿。

这美丽的纤细手镯，现在仍系在我的左腕，见证阿若他雅的一梦。

耶释同堂——泰国记游之三

那天下午，我们一行四人在幢幢的残柱与废塔之间，凭吊大城王朝四百年的盛世，与佛历二三一〇年缅甸兵燹的恶魔，不能相信，这一片颓石与茂树，六百年前曾经是三座皇宫和四百座佛寺。低回之中，日影忽已西斜。传文说归途还有暹罗的暑宫可看，不如早去。于是我们沿着湄南河向南而行。

到挽芭茵（Bang Ba In）已经四点半，不能入宫参观了。好在宫外的小湖，湖心的亭塔，仍可流连一个初夏的黄昏。

挽芭茵曾是历代泰王的暑宫，早在三百五十年前，大城王朝已经把这个河岛建为佛寺与皇宫，周围还辟出四百公尺的湖来。过了一百三十多年，大城的繁华被缅甸烧成焦土，新王朝南迁，挽芭茵也随之沦为废宫。直到十九世纪中叶，泰王蒙谷拉玛四世（King Mongkut Rama Ⅳ）才加以修建，并改乘汽船由水上来游。其子朱拉隆功（King Chulalongkorn Rama Ⅴ）也因喜欢此地，续加经营。不幸在一八八〇年，亦即他继位的十二年后，皇后苏南妲（Sunantha）和三位王子一同溺死在湖里。当时在场的宫人，谁也不敢伸手援救，因为触摸皇室之人就是犯了死罪。

但那已经是一百年前的悲剧了，眼前的湖水一泓清澈，看上去完全是无辜的样子。湖心的高亭，叫作爱沙旺·蒂巴雅亭，坐落在一个用石柱架空的平台上，四面都是白石的雕栏。亭的本身有层层相套的三叠屋顶，角度很陡，如鳞的屋瓦织锦一般由里向外排成赭、橙、绿三色，白屋脊的尖端扬起梳风钩云的天穗（chofa）。更向上则是金盘相叠的层塔，塔尖纤挑直立，像为这宝亭戴一顶暹罗皇冠，富丽而高贵。而撑起这一切的，是饰有金色图案的排柱。与其说这是凉亭，不如说它是没有墙壁的水殿，远远望去，用白台托起的这一座建筑，华贵之中，另有一种透彻而俊拔、飘舞而欲飞之势。仅仅如此，已经十分可观。正好这时迎着落照，金塔彩瓦，原来的灿烂更添光芒，益发地炫人眉眼。倒影落在水上，复印着空幻和迷离，不可思议。偏有不甘寂寞的晚风赶来搅局，助长了倒影的灵动之态，涟漪生处，一时流彩翻金，不能自已，若非被亭脚的成排石柱挽着，只怕全会随波而去。

一片菩提树叶落向湖波。大城王朝四百年的壮丽风流，到头来也无非一片落叶、半湖倒影吧。

转过头来，是一座白色的石桥，灯柱与雕像很有欧洲古典风味，想入夜之后，湖景当更温柔动人。我们不约而同地步上桥去。果然是西欧的景观。乳白的玻璃灯罩四条黑边，长方形上端稍大，很是悦目。那雕像，有天使，也有裸体的希腊女神，令人恍若走在塞纳河上。

“泰王的暑宫倒很有西方风味。”我说。

“对啊，”传文笑笑说，“从泰王拉玛四世起，泰国的门户才对西方开放。泰国人开始学英文，就是他倡导的。这位蒙谷国王在登基之前就跟西方人士颇有交往，不但学英文，还学法文跟拉丁文呢。”

“蛮有意思，”我说，“听说电影《国王与我》（*The King and I*）演的就是他。”

“《国王与我》里的泰王正是拉玛四世，”传文说，“那影片所根据的一本书，是来泰国教几个王子的英国女教师写的——”

“电影里的国王相当专横。”我存说。

“其实是冤枉的，”传文急忙辩证，“拉玛四世其实很开明，泰国的启蒙没有他还不行呢。在他之前，泰国的传统不准皇族与大臣离开曼谷，只有打仗是例外。蒙谷国王却破天荒地派了一个特使团去向维多利亚女皇呈递国书。”

“好莱坞总是爱加油添醋。”我存说。

“可不是，”传文笑起来，“所以《国王与我》在曼谷禁演。”

“应该的，应该的。”我说。

“那，英国家庭教师教出来的小王子呢？”我存颇为关切。

“其中一位就是后来的拉玛五世。”传文说。

“就是朱拉隆功吧？”我问。

“对，就是他，”传文说，“他是泰国最受崇拜的国王，被尊为‘毕雅大帝’。现今的曼谷王朝，两百年来能在列强之间常保独立，而周围的国家先后都曾经沦亡给西方，跟皇室开明而外交高明很有关系。朱拉隆功的贡献尤其重要，什么奴隶解放、教育改革、宗教自由等，都是他促成的。”

“泰国不是以佛教为国数吗？”我讶然。

“不错，连国王也奉佛教。拉玛四世在登基之前，就足足做了二十七年的和尚。可是拉玛五世，也就是朱拉隆功，并不排斥其他宗教，只是任由人民自己选择。非但如此，他还拨出地来，让人盖清真寺和基督教堂。”

“真了不起，”我说，“从照片上看来，他有点像孙中山先生呢，仪表不凡。”

“嗯，是有点像，”传文寻思道，“跟留胡子不无关系。泰国的现代化很多是他推动的。例如，从他起，官吏朝见国王不用再爬跪在地上，而改成坐椅或站立。宴客时不再用手抓着吃，改用叉匙。又引进阳历来计算月日，不再用半月一计的旧历。最有趣的是，以前的官吏嚼槟榔，牙齿发黑，西方人见了害怕，于是规定牙齿必须刷白——”

大家的笑声中，我连忙说：“连越南人也是嚼得一嘴黑的。抗战时，我从越南乘火车去云南，就看见过。”

“在台湾地区却是一嘴红。”我存笑说。

“泰国人现在倒不嚼槟榔了。”信慧也笑起来。

大家一面说笑，一面早已过了石桥，沿着修剪齐整的宫外草地，向湄南河岸走去。夕阳里，河水浑浑地南流，波面漂浮着一丛丛肥大的青萍。这一段的河面不宽，只有一百公尺的光景，对岸树荫浓密，有房舍掩映其间。却有一个尖顶之类的形象，洁白地映着斜晖，令人觉得异样。

“那不是一座教堂吗？”我指着对面的河岛。

其他人也都注意到了，目光一起辐辏射去。忽然我存大惊小怪地低呼一声：“那为什么有和尚走来走去呢？”

这问题谁也答不上来，却都看见，果然有耀眼的袈裟在白色教堂的四周忽隐忽现，超现实的幻景令人不安。

“过河去看看。”信慧说。

“不见渡船呀。”我说。

“可以坐吊车，”她说，“我以前坐过。”

她果然领着我们向河岸走去，到了一个候车木台。不久辘轳声起，果然看见空悬的长缆上一架吊车越水而来，其势颇急。两个村民匆匆下车走了，我们赶快跳了上去。辘轳声中，车已凌空，我们紧扶着铁栏，超越脚底水面的簇簇青萍，飞也似的已到彼岸。一下了车台，我们沿着河堤匆匆去找那教堂，一路上果然遇见几个黄衣僧。几次转弯，树影开处，赫然一座天主堂矗在眼前，灰顶白墙，塔尖高细。正在惊疑仰望，不知如何是好，忽然“呀”地一响，高高的堂门敞开，一个小沙弥合十颔首，迎了出来。

惊疑转为惊喜，我们怀着虔敬，跨入了教堂。等到在黄昏的初冥之中渐渐看清了堂内的摆设，惊疑却又转深。

高高供在祭坛上，用拱形架托住的，是一排三尊佛像，全披着朱红的袈裟。中间的一尊，莲座最高，显然是三昧的坐姿。两旁的佛则都立着，手势不易辨识。除此之外，一切的布置全是欧洲十九世纪中叶流行的新哥特风格。祭坛正面的墙壁，左右各嵌一扇彩色小窗，两侧的墙上则开着更大的七彩长窗，上端都是尖顶拱弧。通向后面的两道侧门和当顶的装饰门，也都是如此。至于墙壁上纵排得密密相接的，则是橙底金花的鸢尾纹章，常见于法国皇家的徽号。地砖黑白间格的花式，更流行于法国。而尤其令人注目的是祭坛前面一左一右的两尊中古武士，全副盔甲闪着铁色的寒光，连铁皮面罩也如临大敌，紧紧垂闭。罗兰武士来护卫佛陀吗？这景象太不可思议了。

我们跌踟在花地砖上，对着墙角的电风扇，面面惊觑，继而抑低了声音议论起来。最后在留言簿上，我们题了“庙不可言”“庙哉，妙哉”一类的双关语。

走出教堂，我们仍流连在门外，指指点点，不想就此离去。渐暗的天色里，一位六十岁上下的黄衣高僧，从后面鹅黄与乳白相配的僧舍走来，对我们合十行礼。他用泰语问我们对本寺有什么看法，由传文翻译。

“东西合璧，非常有趣。”我说。

“本寺叫作达摩普法寺，是毕雅大帝为达摩由提卡教派的僧侣敕建的。”

“毕雅大帝就是泰王朱拉隆功拉玛五世。”传文解释。

一听是朱拉隆功，我肃然起敬，却仍然忍不住问道：“可是为什么要盖成哥特式的教堂呢？”

老僧淡然一笑，显然，这幼稚的问题他必已答过无数次了。

他说：“毕雅大帝认为诚心至上，无须拘泥形迹。”

“啊！”我心头一震，语为之塞。

归途中，下起雨来，一车四人都陷入了沉思。我想着朱拉隆功对西方敞开他的白象王国，如何把古暹罗的束缚一条条地解开，让西风从印度洋浩荡吹来。小乘佛法，当初也是经由斯里兰卡，横渡印度洋而来的。西方，果真是极乐世界吗？然则佛法无边，何物而不能化？不拘色相，不落形迹，则何物而不能容？耶释同堂，香火共享，Untie the Thais，不必耶稣的归于耶稣，而释迦的归于释迦，正是朱拉隆功的心胸。

想起两伊的烽火正炽，不知道，如果是霍梅尼今天同来，他对老僧会怎么说呢？

饶了我的耳朵吧，音乐

声乐家席慕德女士有一次搭出租车，车上正大放流行曲。她请司机调低一点，司机说："你不喜欢音乐吗？"席慕德说："是啊，我不喜欢音乐。"

一位音乐家面对这样的问题，真可谓啼笑皆非了。首先，音乐的种类很多，在台湾社会最具恶势力的一种，虽然也叫作音乐，却非顾曲周郎所愿聆听。其次，音乐之美并不取决于音量之高低。有些人听"音响"，其实是在玩机器，而非听音乐。出租车内的空间，闭塞而小，哪用如此锣鼓喧天？最后，音乐并非空气，不像呼吸那样分秒必需。

难道每坐一次出租车，都要被强迫听一次音乐吗？其实，终日弦乐不辍的人，未必真正爱好音乐。

在台湾社会，到处都是“音乐”，到处都是“爱好音乐”的人；我最同情的，便是音乐界的朋友了。像波德莱尔一样，我不懂乐理，却爱音乐，并且自信有两只敏感的耳朵，对于不够格的音乐，说得上“嫉恶如仇”。在台湾，每出一次门——有时甚至不必出门——耳朵都要受一次罪。久而久之，几乎对一切音乐都心存恐怖。噪声在台湾，宛如天罗地网，其中不少更以音乐为名。上帝造人，在自卫系统上颇不平衡：遇到不想看的东西，只要闭上眼睛；但是遇到不想听的东西呢，却无法有效地塞耳。像我这种徒慕音乐的外行，都已觉得五音乱耳，无所逃遁，音乐家自己怎么还活得下去？真是奇迹！

凡我去过的地区，要数台湾的出租车最热闹了，两只音响喇叭，偏偏对准后座的乘客，真正是近在咫尺。以前我还强自忍住，心想又不在车上一辈子，算了。最近，受了拒吸二手烟运动的鼓励，我也推行起拒听二手曲运动，干脆请司机关掉音乐。二手曲令人烦躁，分心，不能休息，而且妨碍乘客之间的对话与乘客对司机的吩咐，也有拒听的必要。

在欧美与日本，出租车上例皆不放音乐。火车上也是如此，只有西班牙是例外。我乘火车旅行过的国家，包括瑞典、丹麦、西德、法国、英国、美国、加拿大、日本，火车上的扩音器只用来播报站名，却与音乐无关。不知道什么缘故，台湾地区的火车上总爱供应音乐。论品质，时而国乐，时而西方的轻音乐，时而台湾特产的流行曲，像是一杯劣质的鸡尾酒。论音量，虽然不算喧吵，却也不让人耳根清净，无法安心睡觉或思考。

听说有一次夏志清和无名氏在“自强号”上交谈，夏志清嫌音乐扰人，请列车员调低，她正忙于他事，未加理会。夏志清受不了，就地朝她一跪，再申前请。音乐终于调低，两位作家欣然重拾论题。但是不久音乐嘈嘈再起，夏志清对无名氏说：“这次轮到你去跪了。”

夏氏素来奇行妙论，但是有没有奇到为音乐下跪，却值得怀疑。前述也许只是夸大其词，也许当时他只对列车员威胁说：“你再不关音乐，我就要向你下跪了。”不过音乐逼人之急，可以想见。其事未必可信，其情未必无稽。台湾的火车上，一方面播请乘客约束自己的孩子，勿任喧哗，另一方面却又不断自播音乐，实在矛盾。我在火车上总是尽量容忍，用软纸塞起耳朵，但是也只能使音量稍低，不能杜绝。最近忍无可忍，也在拒吸二手烟的精神下，向列车长送上请求的字条。字条是这样写的：

列车长先生：从高雄到嘉义，车上一直在播音乐，令我无法入梦或思考。不知能否将音量调低，让乘客的耳朵有机会休息？

三分钟后，音乐整个关掉了，我得以享受安静的幸福，直到台北。我那字条是署了名的，也不知道那一班“自强号”关掉音乐，究竟是由于我的名字，还是由于列车长有纳言的精神。感激之余，我仍希望铁路局能考虑废掉车上的播乐，免得每次把这件事个别处理。要是有人以为火车上的乘客少不了音乐，那么为什么长途飞行的乘客，关在机舱内十几个小时，并不要求播放音乐呢？

要是有人以为我讨厌音乐，就大大误会了。相反地，我是音乐的信徒，对音乐不但具有热情，更具有信仰与虔敬。国乐的清雅，西方古典的宏富，民谣的纯真，摇滚乐的奔放，爵士的即兴自如，南欧的热烈，中东和印度的迷幻，都能够令我感发兴超或辗转低回。唯其如此，我才主张要么不听音乐，要听，必须有一点诚意、敬意。要是在不当的场合滥用音乐，那不但是对音乐不敬，对不想听的人也是一种无礼。我觉得，如果是好音乐，无论是器乐还是声乐，都值得放下别的事情来，聚精会神地聆听。音乐有它本身的价值，对我们的心境、性情、品格能起正面的作用。但是今日社会的风气，却把音乐当作排遣无聊的玩物，其作用不会超过口香糖，不然便是把它当作烘托气氛点缀热闹的装饰，其作用只像是霓虹灯。

音乐的反义词不是寂静，是噪声。敏锐的心灵欣赏音乐，更欣赏寂静。其实一个人要是不能享受寂静，恐怕也就享受不了音乐。我相信，凡是伟大的音乐，莫不令人感到无上的宁静，所以在《公元二〇〇一年：太空流浪记》里，太空人在星际所听的音乐正是巴赫。

寂静，是一切智慧的来源。达摩面壁，面对的正是寂静的空无。一个人在寂静之际，其实面对的是自己，他不得不跟自己对话。那种绝境太可怕了，非普通的心灵所能承担，因此他需要一点声响来解除困绝。但是另外，聆听高妙或宏大的音乐，其实是面对一个伟大的灵魂，这境地同样不是普通人所能承担。因此他被迫在寂静与音乐之外另谋出路，那出路也叫作“音乐”，其实是一种介于音乐与噪声之间的东西，一种散漫而软弱的“时间”。

托马斯·曼在《魔山》里曾说：“音乐不但鼓动了时间，更鼓动我们以最精妙的方式去享受时间。”这当然是指精妙的音乐，因为精妙的音乐才能把时间安排得恰到好处，让我们恰如其分地去欣赏时间形成的旋律与节奏。相反地，软弱的音乐——就算它是音乐吧——不但懈怠了时间，也令我们降低了对时间的敏感程度。我是指台湾特产的一种流行歌曲，其为“音乐”，例皆主题浅薄，词句幼稚，曲调平庸而轻率，形式上既无发展，也无所谓高潮，只有得来现成的结论。这种歌曲好比用成语串成的文学作品，作者的想象力全省掉了，而更糟的是，那些成语往往选用得不对。

这样的歌曲竟然主宰了台湾社会的通俗文化生活，从三台电视的综艺节目到歌厅酒馆的卡拉OK，提供了大众所谓的音乐，实在令人沮丧。俄国作曲家格林卡（Mikhail Glinka）说得好：“创造音乐的是整个民族，作曲家不过谱出来而已。”什么样的民族创造什么样的音乐，果真如此，我们这民族早该痛切反省了。

将近两千四百年前，柏拉图早就在担心了。他说：“音乐与节拍使心灵与躯体优美而健康，不过呢，太多的音乐正如太多的运动，也有其危害。只做一位运动员，可能沦为蛮人；只做一位乐师呢，也会‘软化得一无好处’。”他这番话未必全对，但是太多的音乐会造成危害，这一点却值得我们警惕。

在台湾，音乐之被滥用，正如空气之受污染，其害已经太深、太久了。这些年来，我在这社会被迫入耳的音乐，已经够我听几十辈子了，但是明天我还得再听。

明天我如果去餐馆赴宴，无论是与大众济济一堂，还是与知己另辟一室，大半都逃不了播放的音乐。严重的时候，众弦嘈杂，金鼓齐鸣，宾主也只好提高自己的嗓子慷慨叫阵，一顿饭下来，没有谁不声嘶力竭。有些餐厅或咖啡馆，还有电子琴现场演奏，其声呜呜然，起伏无定，回旋反复，没有棱角的一串串颤音，维持着一种廉价的塑料音乐。若是不巧碰上喜宴，更有歌星之类在油嘴滑舌的司仪介绍之下登台献唱。

走到街上呢，往往半条街都被私宅的婚宴或丧事所侵占，人声扰攘之上，免不了又是响彻邻里的音乐。有时在夜里，那音乐忽然破空而裂，方圆半里内的街坊市井便淹没于海啸一般的声浪中，鬼哭神嚎之中，各路音乐扭斗在一起，一会儿是流行曲，一会儿是布袋戏，一会儿又是西洋的轻音乐，似乎这都市已经到了世界末日，忽然堕入了噪声的地狱。如果你天真得竟然向警察去投诉，一定是没有结果。所谓礼乐之地，果真堕落到这地步了吗？

当你知道这一切不过是几盒廉价的录音带在作怪，外加一架扩音器助纣为虐，那恐怖的暴音地狱，只需神棍或乐匠的手指轻轻一扭就招来，你怎么不愤怒呢？最原始的迷信有了最进步的科技来推广，恶势力当然加倍扩张。如果我跟朋友们觅得一个处女岛，创立一个理想国，宪法的第一条必定把扩音器列为头号违禁品，不许入境。违者交付化学处理，把他缩成一只老鼠，终身囚在喇叭箱中。

第二条便是：录音机之类不许带进风景区。从前的雅士曾把花间喝道、月下掌灯的行径斥为恶习。在爱迪生以前的世界，至少没有人会背着录音机去郊游吧。这些“爱好音乐”的青年似乎一刻也离不开那盒子了，深恐一入了大自然，便会“绝粮”。其实，如果你抛不下机器的文明，又不能在寂静里欣赏“山水有清音”的天籁，那又何苦离开都市呢？在那么僻远的地方，还要强迫无辜的耳朵听你的二手曲吗？

回到家里，打开电视，无论是正式节目还是广告，几乎也都无休无止地配上音乐。至于有奖比赛的场合，上起古稀的翁妪，下至学龄的孩童，更是人手一支麦克风，以夜总会的动作，学歌星的滥调，扭唱其词句不通的流行歌曲。夜夜如此，全城效颦，正是柏拉图所担心的音乐泛滥、民风靡软，孔子所担心的郑卫之音。

连续剧的配乐既响且密，往往失之多余，或是点题太过浅露，反令观众耳烦心乱。古装的武侠片往往大配其西方的浪漫弦乐，却很少使用箫笛与琴筝。目前正演着的一部武侠连续剧，看来虽然有趣，主题歌却软弱委靡，毫无侠骨，跟旁边两个台的时装言情片并无两样。天啊，我们的音乐真的堕落到这种地步了吗？许多电影也是如此，导演在想象力不足的时候，就依赖既强又频的配乐来说明剧情，突出主题，不知让寂静的含蓄或悬宕来接手，也不肯让自然的天籁来营造气氛。从头到尾，配乐喋喋不休，令人紧张而疲劳。寂静之于音乐，正如留白之于绘画。配乐冗长而芜乱的电影，正如画面涂满色彩的绘画，同为笨手的拙作。

我们的生活里真需要这么多“音乐”吗？终日在这一

片泛滥无际的音波里载浮载沉，就能够证明我们是音乐普及的社会了吗？在一切艺术形式之中，音乐是最能主宰“此刻”最富侵略性的一种。不喜欢文学的人可以躲开书本，讨厌绘画的人可以背对画框，戏剧也不会拦在你的门口，逼你观看。唯独音乐什么也挡不住，像跳栏高手一样，能越过一切障碍来袭击、狙击你的耳朵，搅乱你的心神。现代都市的人烟已经这么密集，如果大家不约束自己手里的发音机器，减低弦歌不辍的音量和频率，将无异纵虎于市。

这样下去，至少有两个后果：其一是多少噪声、半噪声、准噪声会把我们的耳朵磨钝，害我们既听不见寂静，也听不见真正的音乐；其二就更严重了，寂静使我们思考，真正的音乐使我们对时间的感觉加倍敏锐，但是整天在轻率而散漫的音波里浮沉，呼吸与脉搏受制于芜乱的节奏，人就不能好好地思想。不能思想，不肯思想，不敢思想，正是我们文化生活的病根。

饶了我无辜的耳朵吧，音乐。

海缘

1

曹操横槊赋诗，曾有“山不厌高，海不厌深”之句。这意思，李斯在《谏逐客书》里也说过。尽管如此，山高与海深还是有其极限的。世界上的最高峰，珠穆朗玛峰，海拔是两万九千零二十八英尺，但是最深的海沟，所谓马里亚纳海沟（Mariana Trench），却低陷三万六千二百〇一英尺。把世上蟠蜿的山脉全部浸在海里，没有一座显赫的峰头能出得了头。

其实也不必这么费事了。就算所有的横岭侧峰都穿云出雾，昂其孤高，在众神或太空人看来，也无非一钵蓝水里供了几簇青绿的假山而已。在我们这水陆大球的表面，陆地只得十分之三，而且四面是水，看开一点，也无非是几个岛罢了。当然，地球本身也只是一个太空孤岛，注定要永久飘泊。

话说回来，在我们这仅有的硕果上，海洋仍然是一片伟大非凡的空间，大得几乎有与天相匹的幻觉。害得曹操又说：“日月之行，若出其中。星汉灿烂，若出其里。”也难怪《圣经》里的先知要叹道：“千川万河都奔流入海，却没有注满海洋。”豪斯曼更说：“滂沱雨入海，不改波涛咸。”

无论文明如何进步，迄今人类仍然只能安于陆栖，除了少数科学家之外，面对大海，我们仍然像古人一样，只能徒然叹其敻辽，羡其博大，却无法学鱼类的摇鳍摆尾，深入湛蓝，去探海若的宝藏，更无缘迎风振翅，学海鸥的逐波巡浪。退而求其次，望洋兴叹也不失为一种安慰：不能入乎其中，又不能凌乎其上，那么，能观乎其旁也不错了。虽然世界上水多陆少，真能住在海边的人毕竟不多。就算住在水城港市的人也不见得就能举头见海，所以在高雄这样的城市，一到黄昏，西子湾头的石栏杆上就倚满了、坐满了看海的人。对于那一片汪洋而言，目光再犀利的人也不过是近视，但是望海的兴趣不因此稍减。全世界的码头、沙滩、岩岸，都是如此。

我们这个民族，望海也不知望了多少年了，甚至出海、讨海也不知多少代了。奇怪的是，海在我们的文学里并不占什么分量。虽然孔子在失望的时候总爱放出空气，说什么“道不行，乘桴浮于海”，害得子路空欢喜一场，结果师徒两人当然都没有浮过海去。庄子一开卷就说到南溟，用意也只是在寓言。中国文学里简直没有海洋。像曹操《观沧海》那样的短制已经罕见了，其他的作品多如李白所说：“海客谈瀛洲，烟涛微茫信难求。”甚至《镜花缘》专写海外之游，真正写到海的地方，也都草草带过。

西方文学的情况却大不相同，早如希腊罗马的史诗，晚至康拉德的小说，处处都听得见海涛的声音。英国文学一开始，就嗅得到咸水的气味，从《贝奥武夫》和《航海者》里面吹来。中国文学里，没有一首诗写海能像梅士菲尔的《拙画家》(*Dauber*)那么生动，更没有一部小说写海能比拟《白鲸记》那么壮观。这种差距，在绘画上也不例外。像日希柯（Théodore Géricault）、德拉克鲁瓦、窦纳等人作品中的壮阔海景，在中国画中根本不可思议。为什么我们的文艺在这方面只能望洋兴叹呢？

2

我这一生，不但与山投机，而且与海有缘，造化待我也可谓不薄了。我的少年时代，达七年之久在四川度过，住的地方在铁轨、公路、电话线以外，虽非桃源，也几乎是世外了。白居易的诗句“蜀江水碧蜀山青”，七个字里容得下我当时的整个世界。蜀中天地是我梦里的青山，也是我记忆深处的“腹地”。没有那七年的山影，我的“自然教育”就失去了根基。可是当时那少年的心情却向往海洋，每次翻开地图，一看到海岸线就感到兴奋，更不论群岛与列屿。

海的呼唤终于由远而近。抗战结束，我从千叠百障的巴山里出来，回到南京。大陆剧变的前夕，我从金陵大学转学到厦门大学，读了一学期后，又随家庭迁去香港，在那海城足足做了一年难民。在厦门那半年，骑单车上学途中，有两三里路是沿着海边，黄沙碧水，飞轮而过，令我享受每一寸的风程。在香港那一年，住在陋隘的木屋里，并不好受，却幸近在海边，码头旁的大小船艇，高低桅樯，尽在望中。当时自然不会知道，这正是此生海缘的开始。隔着台湾海峡和南海的北域，厦门、香港、高雄，布成了我和海的三角关系。厦门，是过去式了。香港，已成了现在完成式，却保有视觉暂留的鲜明。高雄呢，正是现在进行式。

至于台北，住了几乎半辈子，却陷在四围山色里，与海无缘。住在台北的日子，偶因郊游去北海岸，或是乘火车途经海线，就算是打一个蓝汪汪的照面吧，也会令人激动半天。那水蓝的世界，自给自足，宏美博大而又起伏不休，每一次意外地出现，都令人猛吸一口气，一惊，一喜，若有天启，却又说不出究竟。

3

现在每出远门，都非乘飞机不可了。想起坐船的时代，水拍天涯，日月悠悠，不胜其老派旅行的风味。我一生的航海经验不多，至少不如我希望的那么丰富。抗战的第二年，随母亲从上海乘船过香港而去越南。大陆剧变那年，先从上海去厦门，再从厦门去香港，也是乘船。从香港第一次来台湾，也是由水路在基隆登陆。最长的一程航行，是留美回来时横渡太平洋，从旧金山经日本、琉球，沿台湾东岸，绕过鹅銮鼻而抵达高雄，历时约为一月。在日本外海，我们的船，招商局的“海健号”，遇上了台风，在波上俯仰了三天。过鹅銮鼻的时候，正如水手所说，海水果然判分二色：太平洋的一面墨蓝而深，台湾海峡的一面柔蓝而浅。所谓海流，当真是各流各的。

那已是近三十年前的事，后来长途旅行，就多半靠飞而不靠浮了。记得只有从美国大陆去南太基岛、从中国香港去中国澳门以及往返英、法两国越过多佛尔海峡，是坐的渡船。

要是不赶时间，我宁坐火车而不坐飞机。要是更从容呢，就宁可坐船。一切交通工具里面，造形最美，最有气派的该是越洋的大船了，怪不得丁尼生要说 the stately ships[1]。

---

① the stately ships：庄严的船只。

要是你不拘形貌，就会觉得一艘海船，尤其是漆得皎白的那种，凌波而来的闲稳神态，真似一只天鹅。

站在甲板上或倚着船舷看海，空阔无碍，四周的风景伸展成一幅无始无终的宏观壁画，却又比壁画更加壮丽、生动，云飞浪涌，顷刻间变化无休。海上看晚霞夕烧全部的历程，等于用颜色来写的抽象史诗。至于日月双球，升落相追，更令人怀疑有一只手在天外抛接。而无论有风还是无风，迎面而来的海气，总是全世界最清纯可口的空气吧。海水咸腥的气味，被风浪抛起，会令人莫名其妙地兴奋。机房深处沿着全船筋骨传来的共振，也有点催眠的作用。而其实，船行波上，不论是左右摆动，还是前后起伏，本身就是一个具体而巨的摇篮。

晕船，是最煞风景的事了。这是海神在开陆栖者的小小玩笑，其来有如水上的地震，虽然慢些，却要长些，真命海客无所遁于风浪之间。我曾把起浪的海叫作“多峰驼”，骑起来可不简单。有时候，浪间的船就像西部牛仔胯下的蛮牛顽马，腾跳不驯，要把人抛下背来。

4

海的呼唤越远越清晰。爱海的人，只要有机会，总想与海亲近。今年夏天，我在汉堡开会既毕，租了一辆车要游西德。当地的中国朋友异口同声，都说北部没有看头，要游，就要南下，只为莱茵河、黑森林之类都在低纬的方向。我在南游之前，却先转过车头去探北方，因为波罗的海吸引了我。当初不晓得是谁心血来潮，把 Baltic Sea 译成了波罗的海，真是妙绝。这名字令人想起林亨泰的名句："然而海，以及波的罗列。"似乎真眺见了风吹浪起、海叠千层的美景。当晚果然投宿在路边的人家，次晨便去卡佩恩（Kappeln）的沙岸看海。当然什么也没有，只有蓝茫茫的一片，反晃着初日的金光，水平线上像是浮着两朵方蕈，自得影影绰绰的，该是钻油台吧。更远处，有几只船影疏疏地布在水面，像在下一盘玄妙的慢棋。近处泊着一艘渡轮，专通丹麦，船身白得令人艳羡。这，就是波罗的海吗？

去年五月，带了妻女从西雅图驶车南下去旧金山，不取内陆的坦途，却取沿海的曲道，为的也是观海。左面总是挺直的杉林张着翠屏，右面就是一眼难尽的，啊，太平洋了。长风吹阔水，层浪千折又万折，要折多少折才到亚洲的海岸呢？中间是什么也没有，只有难以捉摸，唉，永远也近不了的水平线其实不平也不是线。那样空旷的水面，再大的越洋货柜轮，再密的船队，也莫非可怜的小甲虫在疏疏的经纬网上蠕蠕地爬行，等暴风雨的黑蜘蛛扑过来一一捕杀。从此地到亚洲，好大的一弧凸镜鼓着半个地球，像眼球横剖面的水晶体与玻璃体，休要小觑了它，里面摆得下十九个中国。这么浩渺，令人不胜其……乡愁吗？不是的，不胜其惘惘。

第一夜我们投宿在俄勒冈州的林肯村。村小而长，我们找到那家汽车旅馆（motel），在风涛声里走下三段栈道似的梯级，才到我们那一层楼。原来小客栈的正面背海向陆，斜叠的层楼依坡而下，一直落到坡底的沙滩。开门进房，迎面一股又霉又潮的海气，赶快扭开暖气来驱寒。落地的长窗外，是空寂的沙，沙外，是更空寂的海，潮水一阵阵地向沙地卷过来，声撼十方。就这么，梦里梦外，听了一夜的海。全家四人像一窝寄生蟹，住在一只满是回音的海螺里。

第二夜进入加州，天已经暗下来了，就在边境的新月镇（Crescent City）歇了下来。那小镇只有三两条街，南北走向，与涛声平行。我们在一家有楼座的海鲜馆临窗而坐，一面嚼食蟹甲和海扇壳里剥出来的嫩肉，一面看海岸守卫队的巡逻艇驶回港来，桅灯在波上随势起伏。天上有毛边的月亮，淡淡的，在莲松的灰云层里出没。海风吹到衣领里来，已经是初夏了，仍阴寒逼人。回到客栈，准备睡了，才发觉外面竟有蛙声，这在我的美国经验里却是罕有，倒令人想起中国的水塘来了。远处的岬角有灯塔，那一道光间歇地向我们窗口激射过来，令人不安。最祟人的，却是深沉而悲凄的雾号，也是时作时歇，越过空阔的水面，一直传到海客的枕前。这新月镇不但孤悬在北加州的边境，距俄勒冈只有十英里，而且背负着巨人族参天的红木森林，面对着太平洋，正当海陆之交，可谓双重的边镇。这样的边陲感，加上轮转的塔光与升沉的雾号，使我梦魂惊扰，真的是“一宿行人自可愁”了。

次日清早被涛声撼起，开门出去，一条公路从南方绕过千重的湾岬伸来，把我们领出这小小的海驿。

5

“仁者乐山，智者乐水”，圣人曾经说过。爱水的人果真是智者吗？那么，爱海的人岂非大智？其实攀山与航海的人更是勇者，因为那都是冒险的探索，那种喜悦往往会以身殉职。在爱海人里，我只是一个陆栖的旁观者，颇像西方人对猫的嘲笑：“性爱戏水，却怕把脚爪弄潮。”水手和渔夫在咸风咸浪里讨生活，才是真正下水的爱海人。真正的爱海人呢，也许是爱恨交加吧！譬如爱情，也可分作两类：深入的一类该也是爱恨交加的；另一类虽未必深入，却不妨其为自作多情。我正是对海单相思的这一类。

十二年来我一直住在海边，前十一年在香港，这一年来到高雄。对于单恋海洋的陆栖者，也就是四川人嘲笑的旱鸭子而言，这真是至福与奇缘。世界上再繁华的内陆都市，比起就算是较次的什么海港来，总似乎少了一点退步，一点可供远望与遐思的空间。住在海边，就像做了无限（Infinity）的邻居，一切都会看得远些、看得开些吧。海，是不计其宽的路，不闭之门，常开之窗。再小的港城，有了一整幅海天为背景，就算剧台本身小些、观众少些，也显得变化多姿，生动了起来，就像写诗和绘画都需要留点空白一样。有水，风景才显得灵活。所以中国画里，明明四围山色，眼看无计可施了，却凭空落下来一泻瀑布，于是群山解颜。巴黎之美，要是没有塞纳河一以贯之，萦回而变化之，也会逊色许多。台北本来有一条河可以串起市景，却不成其为河了。高雄幸而有海。

海是一大空间，一大体积，一个伟大的存在。海里的珍珠与珊瑚、水藻与水族、遗宝与沉舟，太奢富了，非陆栖者所能探取。单恋海的人能做一个“观于海者”，像孟轲所说的那样，也就不错了。不过所谓观于海当然也不限于观；海之为物，在感性上可以观、可以听、可以嗅、可以触，一步近似一步。

香港的地形百转千回，无非是岛与半岛，不要说地面上看不清楚了，就连在飞机上，观者也应接不暇。最大的一块面积在新界，其状有如不规则的螃蟹，所有的半岛都是它伸爪入海的姿势。半岛既多，更有远岛近矶呼应之胜，海景自然大有可观。就这一点来说，香港的海景看不胜看，因为每转一个弯，山海洲矶的相对关系就变了，没有谁推开自己的窗子便能纵览香港的全貌。

钟玲在香港大学的宿舍面西朝海，阳台下面就是汪洋，远航南洋和西欧的巨舶，都在她门前路过。我在中文大学的楼居面对的却是内湾，叫吐露港，要从东北的峡口出去，才能汇入南中国海。所以我窗外的那一片潋滟水镜，虽然是海的婴孩，却更像湖的表亲。除非是起风的日子，吐露港上总是波平浪静、潮汐不惊。青山不断，把世界隔在外面，把满满的十里水光围在里面，自成一个天地。我就在那里看渡船来去、麻鹰飞回，北岸的小半岛蜿蜒入水，又冒出水面来浮成苍苍的四个岛丘，更远处是一线长堤，里面关着一潭水库。

6

去年九月，我从香港迁来高雄，幸而海缘未断，仍然住在一个港城。开始的半年住在市区的大平洋大厦，距海岸还有两三公里，所以跟住在内陆都市并无不同。可是中山大学在西子湾的校园却海阔天空，日月无碍。文学院是红砖砌成的一座空心四方城，我的办公室在顶层的四楼，朝西的一整排长窗正对着台湾海峡，目光尽处只见一条渺渺的水平线，天和海就在那里交界，云和浪就在那里汇合了。那水平线常因气候而变化。在阴天，灰云沉沉地压在海上，波涛的颜色黯浊，更无反光，根本指不出天和水在哪里接缝。要等大晴的日子，空气彻彻透明，碧海与青天之间才会判然划出一道界线，又横又长，极尽抽象之美，令人相信柏拉图所说的“天行几何之道”（God always geometrizes）。其实水平线不过是海的轮廓，并没有那么一条线，要是你真去追逐，将永无接近的可能，更不要提捉到手了。可是别小觑了那一道欺眼的幻线，因为远方的来船全是它无中生有变出来的，而出海的船只，无论是轩昂的货柜巨轮，还是匍行波上的舴艋小艇，也一一被它拐去而消磨于无形。

水平线太玄了，令人迷惑；也太远了，不如近观拍岸的海潮。孟子不就说过吗，“观水有术，必观其澜”。世界上所有的江河都奔流入海，而所有的海潮都扑向岸来，不知究竟要向大地索讨些什么。对于观海的人，惊涛拍岸是水陆之间千古不休的一场激辩，岸说：“到此为止了，你回去吧。”浪说：“即使粉身碎骨，我还是要回来！”于是一排排一列列的浪头昂然向岸上卷来，起起落落，一面长鬣翻白，口沫飞溅，绝命的一撞之后，喷成了半天的水花，转眼就落回了海里，重新归队而开始再次的轮回。这过程又像是单调而重复，又像是变幻无穷，总之有一点催眠，所以看海的眼睛都含着几分玄想。

西子湾的海潮，从旗津北端的防波堤一直到柴山脚下的那一堆石矶，浪花相接，有一里多长，十分壮观。起风的日子，汹涌的来势尤其可惊，满岸都是哗变的嚣嚣。外海的巨浪，捣打在防波堤上，碎沫飞花喷溅过堤来，像一株株旋生旋灭的水晶树，那是海神在放烟火吗？

7

西子湾的落日是海景的焦点。要观赏完整无缺的落日，必须有一条长而无阻的水平线，而且朝西。沙滩由南向北的西子湾，正好具备这条件。月有望朔，不能夜夜都见满月。但是只要天晴，一轮“满日”就会不偏不倚正对着我的西窗落下，从西斜到入海，整个壮烈的仪式都在我面前举行。先是白热的午日开始西斜，变成一只灿灿的金球，光威仍然不容人逼视，而海面迎日的方向，起伏的波涛已经摇晃着十里的碎金。这么一路西倾下来，到了仰角三十度的时候，金球就开始转红，火势大减，我们就可以定睛熟视了。那红，有时是橙红，有时是洋红，有时是赤红，要看天色而定。暮霭重时，那颓然的火球难施光焰，未及水面就渐渐褪色，变成一影迟滞的淡橙红色，再回顾时，竟已隐身幕后。若是海气上下澄明，水平线平直如切，酡红的落日就毫不含糊地直掉入海中，一寸接一寸被海的硬边切去。观者骇目而视，忽然，宇宙的大靶失去了红心。

我在沙田住了十一年，这样水遁而逝的落日却未见过，因为沙田山重水复，我楼居朝西的方向有巍然的山影横空，根本看不见水上的落日。西子湾的落日像是为美满的晴天下一个结论，不但盖了一个赫赫红印，还用晚霞签了半边天的名。

半年后我们从市区的闹街迁来寿山，住进中山大学的学人宿舍。新居也在红砖楼房的四楼，书房朝着西南，窗外就是高雄港。我坐在窗内，举头便可见百码的坡下有街巷纵横，车辆来去。再出去便是高雄港的北端，可以眺览停泊港中的大小船舶，桅樯密举，锚链斜入水中。旗津长岛屏于港西，岛上的街沿着海岸从西北直伸东南，正与我的视线垂直而交，虽然远在两三里外，岛上的排楼和庙宇却历历可以指认。岛的外面，你看，就是渺渺的海峡了。

高雄之为海港，扼台湾海峡、巴士海峡和南海的要冲，吞吐量之大，也不必去翻统计数字，只要站在我四楼的阳台上，倚着白漆的栏杆，朝南一望就知道了。高雄港东纳爱河与前镇溪之水，西得长洲旗津之障，从旗津北头的第一港口到南尾的第二港口，波涵浪蓄，纵长在八公里以上。货柜进出此港，分量之重，已经居世界第四。从清晨到午夜，有时还更晚，万吨以上的货轮，扬着各种旗号，漆着各种颜色、各种文字的船名横排于舷身，不计其数，都在我阳台的栏杆外驶过。有时还有军舰，铁灰色的艇首有三位数的编号，横着炮管的侧影，扁长而彪悍，自然与众不同。不过都太远了，有时因为背光，或是雾霭低沉，加以空气污染的关系，无论是船形舰影，在茫茫的烟水里连魁梧的轮廓都浑沦了，更不要说辨认船名。

甚至不必倚遍十二栏杆，甚至也无须抬头望远，只听水上传来的汽笛，此起彼落，间歇而作，就会意识到脚下那长港有多繁忙。而造船、拆船、修船、上货、卸货、领航、验关、缉私、走私……都绕着这无休无止的船来船去团团转。这水陆两个世界之间的港口自成一个天地，一方面忙乱而喧嚣，另一方面却又生气蓬勃，令码头上看海的人感到兴奋，因为这一片咸水通向全世界的波涛，在这一片咸水里下锚的舳舻巨舟曾经泊过全球的名港。高雄，正是当代的扬州。

每当我灯下夜读，孤醒于这世界同鼾的梦外，念天上地下只剩我一人，只剩下自己一人了，不是被逐于世界之梦外，而是自放于无寐之境。那许多知己都何处去了呢？此刻，也都成了梦的俘虏，还是各守着一盏灯呢？忽然从下面的港口传来一声汽笛，接着是满港的回声，渐荡渐远，似乎终于要沉寂了，却又再鸣一声。据说这是因为常有渔船在港里非法捕鱼，需要鸣笛示警，但是夜读人在孤寂里听来，却感到倍加温暖，体会到世界之大，总还是有人陪他醒着，分担他自命的寂寞，体会到同样是醒着，有人是远从天涯，从风里浪里一路闯回来的，连夜读的遐思与玄想都不可能。我抬起头来，只见灯火零落的港上，桅灯通明，几排起重机的长臂斜斜举着，船艄和船艉的灯号掠过两岸灯光的背景，保持不变的距离稳稳地向前划行，又是一艘货柜巨轮进港了。

以前在香港，广九铁路就在我山居的坡底蜿蜒而过，深宵写诗，万籁都遗我而去，却有北上的列车轮声铿然，鸣笛而去。听惯了之后，已成为火车汽笛的知音，觉得世界虽大，万物却仍然有情，不管是谁的安排，总感激长夜的孤苦中那一声有意无意的招呼与慰问。当时曾经担忧，将来回去台湾，不再有深宵火车的那一声晚安，该怎样排遣独醒的寂寞呢？没想到冥冥中另有安排：火车的长啸，换成了货轮的低鸣。

造化无私而山水有情，生命里注定有海。失去了香港而得到了高雄，回头依然是岸，依然是一所叫中大的大学，依然是背山面海的楼居。走下了吐露港的那座柔灰色迷楼，到此岸，又上了西子湾这座砖砌的红楼，依然是临风望海，登楼作赋。看来我的海缘还未绝，水蓝的世界依然认我。所以我的窗也都朝西或西南偏向，正对着海峡，而落日的方向正是香港，晚霞的下方正是大陆。

文章与前额并高

自从十三年前迁居香港以来，和梁实秋先生就很少见面了。屈指可数的几次，都是在颁奖的场合，最近的一次，却是从梁先生温厚的掌中接受时报文学的推荐奖。这一幕颇有象征的意义，因为我这一生的努力，无论是文坛还是学府，要是当初没有这只手的提掖，只怕难有今天。

所谓“当初”，已经是三十六年以前了。那时我刚从厦门大学转学来台，在台大读外文系三年级，同班同学蔡绍班把我的一叠诗稿拿去给梁先生评阅。不久他竟转来梁先生的一封信，对我的习作鼓励有加，却指出师承囿于浪漫主义，不妨拓宽视野，多读一点现代诗，例如哈代、豪斯曼、叶芝等人的作品。梁先生的挚友徐志摩虽然是浪漫诗人，他自己的文学思想却深受哈佛老师白璧德之教，主张古典的清明理性。他在信中所说的“现代”自然还未及现代主义，却也指点了我用功的方向，否则我在雪莱的西风里还会漂泊得更久。

直到今日我还记得，梁先生的这封信是用钢笔写在八行纸上，字大而圆，遇到英文人名，则横而书之，满满地写足两张。文艺青年捧在手里，惊喜自不待言。过了几天，在绍班的安排之下，我随他去德惠街一号梁先生的寓所登门拜访。德惠街在城北，与中山北路三段横交，至则巷静人稀，梁寓雅洁清幽，正是当时常见的日式独栋平房。梁师母引我们在小客厅坐定后，心仪已久的梁实秋很快就出现了。

那时梁先生正是知命之年，前半生的大风大雨，在大陆上已见过了，避秦也好，乘桴浮海也好，早已进入也无风雨也无晴的境界。他的谈吐，风趣中不失仁蔼，谐谑中自有分寸，十足中国文人的儒雅加上西方作家的机智，近于他散文的风格。他就坐在那里，悠闲而从容地和我们谈笑。我一面应对，一面仔细地打量主人。眼前这位文章巨公，用英文来说，体形“在胖的那一边”，予人厚重之感。由于发际线（hairline）有早退之象，他的前额显得十分宽坦，整个面相不愧天庭饱满、地阁方圆，加以长牙隆准，看来很是雍容。这一切，加上他白皙无斑的肤色，给我的印象颇为特殊。后来我在反省之余，才断定那是祥瑞之相，令人想起一头白象。

当时我才二十三岁，十足一个躁进的文艺青年，并不很懂观象，却颇热衷猎狮（lion-hunting）。这位文苑之狮，学府之师，被我纠缠不过，答应为我的第一本诗集写序。序言写好，原来是一首三段的格律诗，属于新月风格。不知天高地厚的躁进青年，竟然把诗拿回去，对梁先生抱怨说：“您的诗，似乎没有特别针对我的集子而写。”

假设当日的写序人是今日的我，大概狮子一声怒吼，便把狂妄的青年逐出师门去了。但是梁先生眉头一抬，只淡淡地一笑，徐徐说道：“那就别用得了……书出之后，再给你写评吧。”

量大而重诺的梁先生，在《舟子的悲歌》出版后不久，果然为我写了一篇书评，文长一千多字，刊于一九五二年四月十六日的《自由中国》。那本诗集分为两辑，上辑的主题不一，下辑则尽为情诗。书评认为上辑优于下辑，跟评者反浪漫的主张也许有关。梁先生尤其欣赏《老牛》与《暴风雨》等几首，他甚至这么说："最出色的要算是《暴风雨》一首，用文字把暴风雨的那种排山倒海的气势都描写出来了，真可说是笔挟风雷。"在书评的结论里有这样的句子：

> 作者是一位年轻人，他的艺术并不年轻，短短的《后记》透露出一点点写作的经过。他有旧诗的根底，然后得到英诗的启发。这是很值得我们思考的一条发展路线。我们写新诗，用的是中国文字，旧诗的技巧是一份必不可少的文学遗产，同时新诗是一个突然出生的东西，无依无靠，没有轨迹可循，外国诗正是一个最好的借镜。

在那么古早的岁月，我的青涩诗艺，根底之浅，启发之微，可想而知。梁先生溢美之词固然是出于鼓励，但他所提示的上承传统、旁汲西洋，却是我日后遵循的综合路线。

朝拜缪思的长征，起步不久，就能得到前辈如此的奖掖，使我的信心大为坚定。同时，在梁府的座上，不期而遇，也结识了不少像陈之藩、何欣这样同辈的朋友，声应气求，更鼓动了创作的豪情壮志。我和诗人夏菁也就这么邂逅于梁府，而成了莫逆之交。不久我们就惯于一同去访梁公，有时也约王敬羲同行。不知为何，记忆里好像夏天的晚上去得最频。梁先生怕热，想是体胖的关系；有时他索性只穿短袖汗衫接见我们，一面笑谈，一面还要不时挥扇。我总觉得，梁先生虽然出身外文，气质却在儒道之间，进可为儒，退可为道。可以想见，好不容易把我们这些恭谨的晚辈打发走了之后，东窗也好，东床也罢，他是如何地坦腹自放。我说坦腹，因为他那时有点发福，腰围可观，纵然不到福尔斯塔夫的规模，也总有约翰逊或纪晓岚的分量，足证果然腹笥深广。据说，因此梁先生买腰带总嫌尺码不足，有一次，他索性走进中华路一家皮箱店，买下一个大皮箱，抽出皮带，留下箱子，扬长而去。这倒有点《世说新语》的味道了，是否谣言，却未向梁先生当面求证。

梁先生好客兼好吃，去梁府串门子，总有点心招待，想必是师母的手艺吧。他不但好吃，而且懂吃，两者孰因孰果，不得而知。只知他下笔论起珍馐名菜来，头头是道。就连既不好吃也不懂吃的我，也不禁食指欲动，馋肠若蠕。在糖尿病发作之前，梁先生的口福委实也饫足了。有时乘兴，他也会请我们浅酌一杯。我若推说不解饮酒，他就会作态佯怒，说什么“不烟不酒，所为何来”，引得我和夏菁发笑。有一次，他斟了白兰地飨客，夏菁勉强相陪。我那时真是不行，梁先生说“有了”，便从橱顶取来一瓶法国红葡萄酒，强调那是一八四二年产的，朋友所赠。我总算喝了半盅，飘飘然回到家里，写下《饮一八四二年葡萄酒》一首。梁先生读而乐之，拿去刊在《自由中国》上，一时引人注目。其实这首诗学济慈而不类，空余浪漫的遐想；换了我中年来写，自然会联想到鸦片战争。

梁先生在台北搬过好几次家。我印象最深的两处梁宅，一在云和街，一在安东街。我初入师大（那时还是省立师范学院）教大一英文，一年将满，又偕夏菁去云和街看梁先生。谈笑及半，他忽然问我：“送你去美国读一趟书，你去吗？”那年我已三十，一半书呆，一半诗迷，几乎尚未阅世，更不论乘飞机离岛。对此一问，我真是惊多喜少。回家和我存讨论，她是惊少而喜多，马上说："当然去！"这一来，里应外合势成。加上社会压力日增，父亲在晚餐桌上总是有意无意地报道："某伯伯家的老三也离台了！"我知道偏安之日已经不久。果然三个月后，我便文化充军，去了秋色满地的爱荷华城。

从美国回来，我便专任师大讲师。不久，梁先生从英语系主任变成了我们的文学院院长，但是我和夏菁去看他，仍然称他梁先生。这时他又迁到安东街，住进自己盖的新屋。稍后夏菁的新居在安东街落成，他便做了令我羡慕的梁府近邻，也从此，我去安东街，便成了福有双至，一举两得。安东街的梁宅，屋舍严整，客厅尤其宽敞舒适，屋前有一片颇大的院子，花木修护得可称多姿，常见两老在花畦树径之间流连。比起德惠街与云和街的旧屋，这新居自然优越了许多，更不提广州的平山堂和北碚的雅舍了。可以感受得到，这新居的主人住在"家外之家"，怀乡之余，该是何等的快慰。

六十五岁那年，梁先生在师大提前退休，欢送的场面十分盛大。翌年，他的"终身大事"——《莎士比亚戏剧全集》之中译完成，朝野大设酒会庆祝盛举，并有一女中的学生列队颂歌。想来莎翁生前也没有这般殊荣。师大英语系的晚辈同事也设席祝贺，并赠他一座银盾，上面刻着我拟的两句赞词："文豪述诗豪，梁翁传莎翁。"莎翁退休之年是四十七岁，逝世之年也才五十二岁，其实还不能算翁。同时莎翁生前只出版了十八个剧本，梁翁却能把三十七本莎剧全部中译成书。对比之下，梁翁是有福多了。听了我这意见，梁翁不禁莞尔。

这已经是二十年前的事了。后来夏菁担任联合国农业专家，远去了牙买加。梁先生一度旅居西雅图。我自己则先旅美两年，继而去了香港，十一年后才回台湾。高雄与台北之间虽然只是四小时的车程，毕竟不比厦门街到安东街那么方便了。青年时代夜访梁府的一幕一幕，皆已成为温馨的回忆，只能在深心重温，不能在眼前重演。其实不仅梁先生，就连晚他一辈的许多台北故人，也都已相见日稀。四小时的车程就可以回到台北，却无法回到我的台北时代。台北，已变成我的回声谷。那许多巷弄，每转一个弯，都会看见自己的背影。不能，我不能住在背影巷与回声谷里。每次回去台北，都有一番近乡情怯，怕卷入回声谷里那千重魔幻的旋涡。

在香港结交的旧友之中，有一人焉，竟能逆流而入那回声的旋涡，那就是梁锡华。他是徐志摩专家，研究兼及闻一多，又是抒情与杂感兼擅的散文家，就凭这几点，已经可以跻列梁门，何况他对梁先生更已敬仰有素。一九八〇年七月，法国人在巴黎举办抗战文学研讨会，有代表旧案重提，再诬梁实秋反对抗战文学。梁锡华即席澄清史实，一士谔谔，力辩其诬。夏志清一语双关，对锡华翘起大拇指，赞他“小梁挑大梁”！我如在场，这件事义不容辞，应该由我来做。锡华见义勇为，更难得事先覆按过资料，不但赢得梁先生的感激，也使我这受业弟子深深感动。

梁实秋就是梁实秋，这三个字在文学思想上代表着一种坚定的立场和价值，已有近六十年的历史。

梁实秋的文学思想强调古典的纪律，反对浪漫的放纵。他认为革命文学也好，普罗文学也好，都是把文学当作工具，眼中并无文学；但是在另一方面，他也不赞成为艺术而艺术，因为那样势必把艺术从人生中抽离。简言之，他认为文学既非宣传，亦非游戏。他始终标举安诺德所说的，作家应该“沉静地观察人生，并观察其全貌”。因此他认为文学描写的充分对象是人生，而不仅是阶级性。

黎明版《梁实秋自选集》的小传，说作者“生平无所好，惟好交友、好读书、好议论”。这三好之中的末项，季季在访问梁先生的记录《古典头脑，浪漫心肠》之中，把他的文学活动分成翻译、散文、编字典、编敬科书四种。这当然是梁先生的台湾时代给人的印象。其实梁先生在大陆时代的笔耕，以量而言，最多产的是批评和翻译，至于《雅舍小品》，已经是四十岁以后所作，而在台湾出版的了。《梁实秋自选集》分为文学理论与散文二辑，前辑占一百九十八页，后辑占一百六十二页，分量约为五比四，也可见梁先生对自己批评文章的强调。他在答季季问时说：“我好议论，但是自从抗战军兴，无意再作任何讥评。”足证批评是梁先生早岁的经营，难怪台湾的读者印象已淡。

一提起梁实秋的贡献，无人不知莎翁全集的浩大译绩，这方面的声名几乎掩盖了他别的译书。其实翻译家梁实秋的成就，除了莎翁全集，尚有《织工马南传》《咆哮山庄》《百兽图》《西塞罗文录》等十三种。就算他一本莎剧也未译过，翻译家之名他仍当之无愧。

读者最多的当然是他的散文。《雅舍小品》初版于一九四九年，到一九七五年为止，二十六年间已经销了三十二版，到现在想必近五十版了。我认为梁氏散文之所以动人，大致是因为具备下列这几种特色：

首先是机智闪烁，谐趣叠生，时或滑稽突梯，却能适可而止，不堕俗趣。他的笔锋有如猫爪戏人而不伤人，即使讥讽，针对的也是来生的共相，而非私人，所以自有一种温柔的美感距离。其次篇幅浓缩，不事铺张，而转折灵动，情思之起伏往往点到为止。此种笔法有点像画上的留白，让读者自己去补足空间。梁先生深信“简短乃机智之灵魂”，并且主张“文章要深、要远，就是不要长”。最后是文中常有引证，而中外逢源，古今无阻。这引经据典并不容易，不但要避免出处太过俗滥，显得腹笥寒酸，而且引文要来得自然，安得妥帖，与本文相得益彰，正是学者散文的所长。

最后的特色在文字。梁先生最恨西化的生硬和冗赘，他出身外文，却写得一手地道的中文。一般作家下笔，往往在白话、文言、西化之间徘徊歧路而莫知取舍，或因简而就陋，一白到底，一西不回；或弄巧而成拙，至于不文不白、不中不西。梁氏笔法从一开始就逐走了西化，留下了文言。他认为文言并未死去，反之，要写好白话文，一定得读通文言文。他的散文里使用文言的成分颇高，但不是任其并列，而是加以调和。他自称文白夹杂，其实应该是文白融会。梁先生的散文在中岁的《雅舍小品》里已经形成了简洁而圆融的风格，这风格在台湾时代仍大致不变。证之近作，他的水准始终在那里，像他的前额一样高超。

图书在版编目（CIP）数据

隔水呼渡 / 余光中著. — 北京：中国友谊出版公司，2019.4（2022.11重印）
ISBN 978-7-5057-4695-4

Ⅰ. ①隔… Ⅱ. ①余… Ⅲ. ①散文集－中国－当代 Ⅳ. ①I267

中国版本图书馆CIP数据核字（2019）第069715号

著作权合同登记号　图字：01-2019-2425

本书由台北九歌出版社有限公司授权出版。

书名　隔水呼渡
作者　余光中
出版　中国友谊出版公司
发行　中国友谊出版公司
经销　新华书店
印刷　嘉业印刷（天津）有限公司
规格　880×1230毫米　32开
8.25印张　130千字
版次　2019年5月第1版
印次　2022年11月第2次印刷
书号　ISBN 978-7-5057-4695-4
定价　49.80元
地址　北京市朝阳区西坝河南里17号楼
邮编　100028
电话　（010）64678009